광주廣州에서
유토피아

광주(廣州)에서 유토피아

발행일　　2018년 1월 31일

지은이　　이 현 철
펴낸이　　원 성 철
편집　　　이 현 정
책임편집　권 민 진
펴낸곳　　(주)꿈틀

출판등록　2015. 12. 1(제2015-000053호)
주소　　　서울시 마포구 성암로 189번지 509호
홈페이지　www.memorialbook.kr
이메일　　edit@memorialbook.kr
전화번호　070-4132-0227

ISBN　　　979-11-88147-08-3 03810(종이책)

이 도서의 국립중앙도서관 출판예정도서목록(CIP)은 서지정보유통지원시스템 홈페이지(http://seoji.nl.go.kr)와
국가자료공동목록시스템(http://www.nl.go.kr/kolisnet)에서 이용하실 수 있습니다.
(CIP제어번호 : CIP2017034577)

광주바라기의 미래 제안

광주廣州에서
유토피아

이현철 지음

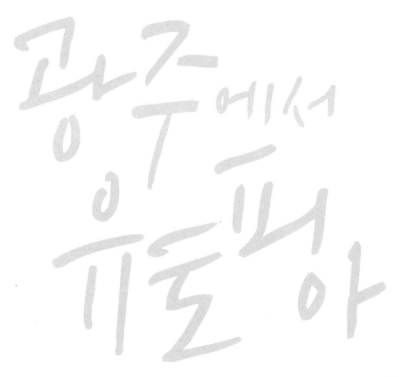

"

마을 공동체 이웃들께 이 책을 바칩니다.

"

이현철 의원의 서글서글한 인상이 늘 새록합니다. 열린우리당 당대표 시절, 당 비서실 부국장으로 누구보다 열정적으로 일하던 젊은이, 회의 준비와 진행에 성실했던 당직자, 잦은 출장도 마다않던 유연하고 재주 많은 인재 덕분에 무척 든든했었습니다.

그러던 어느 날 사표를 들고 와서 지방의원으로 출마하겠다는 결심을 고백할 때는 정말 깜짝 놀랐습니다. 당이 어려웠던 시절, 함께 고난의 길을 걸었던 후배 당직자가 당의 외연을 확장하고자 현장으로 출마하겠다는 의지는 가상했지만, 그 길이 얼마나 어려운지 잘 알고 있었기 때문입니다.

어느덧 8년의 세월이 지나 이제는 관록 있는 지방의원이 되어 그간의 보고서를 낸다고 하니 정말 반갑고 기쁩니다. 시민이 근심하기 전에 먼저 근심하며 시민이 모두 즐거워한 후에 즐거워하겠다는 그의 '선우후락(先憂後樂)' 정신을 다시금 새겨봅니다.

이현철 의원의 책 『광주(廣州)에서 유토피아』는 광주바라기 지방의원의 고민과 선택, 그리고 현장에 발 딛고 그려온 광주시의 미래를 담고 있습니다. 저 역시 이 책을 통해 지방자치 현장에서 일하는 지방의원 동지들의 고민과 고뇌를 더 깊이 알게 되었고, 나아가 우리나라 지방자치 발전의 가능성도 발견할 수 있어 흐뭇했습니다.

이 책을 통해 제시된 대안과 해법처럼 이현철 의원과 광주시민들이 더 많이 소통하면서 새로운 지방자치 시대를 열어가기를 희망합니다. 일 잘하는 소통의 달인, 이현철 의원이 펼칠 가능성의 예술이 무척 기대됩니다. 유토피아 광주를 꿈꾸는 모든 분들의 일독을 권합니다.

국회의장

정세균

이현철 시의원의 『광주(廣州)에서 유토피아』 출간을 진심으로 축하합니다. 이 의원은 책의 첫 머리를 '선우-후락(先憂後樂)'의 고사로 장식했습니다.

지위를 이용해 자신의 잇속을 챙기고, 자리를 공고히 하며, 누군가로부터 빼앗아 온 권력자에 대항해 촛불을 들었던 우리 사회에서 "무릇 지위에 있는 사람은 세상의 근심할 일은 남보다 먼저 근심하고 즐거워할 일은 남보다 나중에 즐거라"는 가르침은 더욱 깊은 울림으로 다가옵니다. 아울러 광주시의원으로 지역에 봉사한 지 8년째를 맞는 이 의원이 어떤 마음가짐으로 시민과 만나고 광주를 생각했는지를 헤아리게 합니다.

특히 주민의 열렬한 숙원임에도 불구하고 제한된 예산과 환경 때문에 추진되지 못하는 일을 어떤 기준과 잣대로 설득하고 동의를 얻을 것인가 고민하는 모습은 광주시민의 선택을 받은 또 한 사람인 제 자신에게도 깊은 공감과 아쉬움으로 다가왔습니다. 하지만 책은 단순히 고민을 나열하기에 그치지 않고 직접 시민과 살을 맞대고 지역을 밟으며 발견한 광주의 참모습을 담아내고 있습니다.

16세기 초 토머스 모어를 통해 '유토피아(utopia)'가 처음 세상에 소개된 후 많은 사람들이 유토피아의 실재를 찾는 일에 도전하고 유토피아를 구현할 방법을 고민했습니다.

그로부터 반 천 년이 흐른 지금, 여전히 갈등과 모순이 가득한 사회를 보며 어떤 이들은 유토피아를 '존재하지 않는 이상의 나라'로 규정하지만, '진짜 유토피아'란 문제를 직시하고 대안을 제시하며, 치열하게 토론하고 민주적으로 합의하여 보다 나은 세상을 꿈꾸는 문화와 시스템을 가진 사회가 아닐까 반문해봅니다.

오늘날 이 책이 선언적 구호를 넘어 광주의 새 시대를 이끌어내는 마중물이 되고 '광주(廣州)에서 유토피아'를 실현하는 담대한 걸음이 되길 소망합니다.

국회의원

불편한 교통문제 좀 해결해주세요,

아이들이 뛰어놀 공간이 없어요,

가까운 쇼핑몰이 없어요,

노인을 위한 세상은 아직도 멀었나요….

　나는 2010년부터 시의원으로 광주의 여러 현장을 다니며 현장의 소리에 귀 기울여왔다. 솔로몬 왕이 다시 온다 해도 다 이뤄줄 수 없는 현실에서 내 고민은 깊어져갔다. 그러면서 점점 본질과 핵심에 집중하게 됐고, 다할 수는 없다는 걸 전제로 우선순위를 정하고 선택을 하자는 결론에 도달했다.

　우리가 원하는 세상을 선택하고 나머지는 포기하자. 한정된 예산과 공간에서 자동차와 버스가 원활하게 다니고 놀이시설과 복지시설이 있으며 난개발이 정리되면서 친환경도시에다 산업까지 성장시키는 동네를 한꺼번에 만들기는 불가능하기 때문이다.

　불가능하니 우선선택을 위한 고민을 했고, 차선순위와 나머지는 욕심을 버리거나 자족하면 조금씩 해결될 일이라고 봤다. 아마추어는 자신감을, 프로는 의심을 가져야 한다는데 선심성 정책이나 예산 없는 대안으로 치우칠 수는 없었다. 여러 측면에서 재고 따져보는 동안 시민들의 요구를 안 들어준다고, 검토해본다더니 거절한다고 욕도 많이 먹었다.

'충분히 좋은데도 선택에서 제외된 제안이나, 순위에서 밀린 사업을 제안한 시민에게는 어떻게 이유와 내용을 설명해야 할까?'

이 부분이 가장 어렵고 힘든 부분이었다. 내가 가진 잣대가 항상 옳은 것도 아닌 것이기에 시민의 제안이 우선순위에서 밀릴 경우 어떤 기준과 잣대로 설득하고 동의를 얻을 것인가는 지금도 고민이다.

특히 사회가 급변하는 시기에 어제의 기준이 오늘과 같을 수만은 없는 것이라면, 순간순간 선택의 기준을 명확하게 설명하고 제시하려는 노력이 필요할 것이다.

우리는 어떤 삶을 선택해야 할까? 나는 왜 이 일을 하는가? 나는 우리 마을에서 뭘 바꾸려고 출마하는가? 사람들은 왜 나한테 투표를 해줄까? 정치는 사람이 상품이라는데, 아이디어와 정책을 팔아서 내가 선택받는 이유는 뭘까? 묻고 궁구하고 있다. 앞으로도 시민이 근심하기 전에 먼저 근심하며, 시민이 모두 즐거워한 후에 즐거워하겠다는 '선우-후락(先憂後樂)'의 초심'은 유효한가도 되새겨 본다.

이 책은 24년 차 광주바라기로, 8년 차 광주 시의원으로 활동해온 나의 소소한 의정보고이자 지방정부 사용설명서라고 소개하고 싶다. 여전히 시대에 대한 문제의식과 위기감을 품고 공동체의 미래를 상상하며 질문하고 답을 찾는 과정에 있지만 살고 싶은 세상을 향하는 방향으로는 계속 정진하고 싶다.

때로는 어느 소설의 제목처럼 나는 '항로 없는 비행'을 하는 사람 같기도 하다. 끝이 어딘지는 모르지만 시민들과 더 오래, 함께 가야 할 길, 이왕이면 균형감각을 잃지 않고 모두가 이해할 수 있는 방향으로 가고자 뚜벅뚜벅 저공비행 중이다.

정치란 '함께하는 기술, 가능성의 예술'이라고 한다. 공동창작의 예술이라면 마을공동체의 현재와 미래를 고민하는 모든 이들과 나의 질문과 대안을 공유해보고 싶다. 부족하지만 일반인들에게는 생각의 내비게이션이, 정치인들에게는 정책 결정의 나침반이 되면 기쁘겠다.

곁에서 지역 현안에 대한 의견을 주고 지지해준 지역주민들과 나를 가르치고 만들어준 선배들에게 머리 숙여 감사드린다. 더 많은 관심과 질책과 반대가 이어진다면 응원과 보람이 될 것 같다. 아울러 생각의 꼭지들을 모아준 꿈틀 출판사에도 감사의 마음을 전한다.

2018년 1월 이현철

차례

“

진보는 유토피아를 깨달아가는 과정이다.

”

— 오스카 와일드 —

1장

길바닥에서 본 광주의 현안

선우후락

先天下之憂而憂(선천하지우이우)

後天下之樂而樂(후천하지락이락)

천하가 근심하기 전에 먼저 근심하고

천하가 즐거워진 다음에야 즐거워한다.

중국 송나라 때 정치가 범중엄(范仲淹)이 악양루

현판에 새긴 이 문장을 마음에 새기고

시민을 위한 활동가로 살아가겠습니다.

1

난개발, 주택공급과 도시계획의 충돌

—

　서울 출신인 나는 1994년부터 경기도 광주로 내려와 살고 있다. 너른 고을의 사람이 되고 수려한 자연경관을 아끼는 광주바라기로서 일하며 가장 오래 매달려온 주제는 바로 난개발이다. 지역 현안인 난개발의 근원부터 해결책까지 동네사람 이현철이 바라본 풍경은 이러하다.

　개인적으로 2000년 초에 중앙일보의 제안으로 난개발 현장을 조사한 적이 있었다. 그 첫 번째가 용인시였고, 남양주를 거쳐 고양시의 러브호텔까지 조사하면서 난개발의 대략을 이해하게 됐다.

　당시 '난개발(亂開發)'이라는 시조어를 신문기자와 결정하면서 '사회기반시설이 없는 모든 형태의 개발'이라고 정의를 내렸다. 용인시의 도로가 없는 아파트, 남양주시의 주택 간 간격이 1m도 안 되는 빌라단지, 그리고 학교와 주택가를 막론하고 마구 들어서는 러브호텔 등을 모두 난개발로 정의하고 조사했다.

　지금도 기억나는 사례 하나는 1997년 당진의 한 아파트다. 식수를 지하수로 이용하는 조건으로 건축 허가를 받았는데 이후 지하수 오염으로 생후 5개월 된 아이가 아파트가 공급한 지하수에 분유를 섞어먹다가 입술이 퍼렇게 변하는 일명 '청색증'에 걸렸던 것이다.

도시계획의 기본은 교통이 편리하고, 기반시설과 편의시설이 제대로 확충되어 있으며, 녹지 비율을 일정 수준으로 유지하는 등 거주와 생활, 업무가 편리한 환경을 만들어서 지속가능한 성장을 추구하는 것이다. 반면에 난개발은 도시계획의 기본도 없이 주먹구구식으로 토지를 개발하는 과정에서 도시의 효율성을 저하시켜버린다.

되는 대로 이뤄진 난개발은 녹지의 급격한 감소와 함께 환경오염의 심화, 교통을 담당할 도로, 철도의 부족, 주민센터나 하수처리장 같은 인프라 시설의 부족 등을 야기해서 (인구는 늘어날 수 있지만) 엄청난 사회적 피해를 발생시킨다.

물 맑고 공기 좋은 광주시는 서울과 인접한 상수원보호구역이면서 그린벨트 지역이 있는 도농복합도시다. 인접한 하남, 성남과 비교해볼 때 도시화는 상당히 더딘 상태에서 인구만 껑충 늘었다. 최근 10년간 연 113%의 '비계획인구'가 급증했으니 조용하던 광주시는 비계획도시화, 즉 오늘도 공사 중이며 난개발에 몸살을 앓고 있다.

게다가 불편한 교통(경강선 개통으로 서울행 출퇴근은 나아지긴 했지만), 교육적 소외감, 주변 도시와의 비교에서 오는 박탈감 등으로 지역민들의 소속감이나 연대의식은 약하고 사회적 갈등도 심한 편이다.

중앙일보에서는 지금의 광주를 '다닥다닥 빌라촌 난개발… 광주시 출퇴근·주차 지옥 초래'라며 보도했고, 조명래 단국대 도시공학과 교수는 "지금의 광주 빌라 난립은 과거 도로만 있으면 아파트가 세워졌던 용인형 난개발과 비슷하다"라고 지적했다.

그렇다면 이런 난개발의 시작은 어디서부터였을까?

남양주 등 수도권 소도시들이 겪고 있는 지역 난개발의 역사를 한마디로 요약한다면, 정부의 아파트 중심의 주택공급정책과 대기업의 이해관계가 만나서 낳은 참극이라고 할 수 있겠다. 권력과 자본과 제도의 촘촘한 연결망이 낳은 수상한(?) 아파트의 속내를 들여다보자.

1970년대부터 우리나라 정부의 주택공급 정책은 아파트 위주로 기울어 있었다. 정부는 부족한 주거문제를 해결하고 대기업은 아파트의 가격을 적정하게 관리하기 위한 묘수였다. 1965년 이후 50년 동안 면적은 2배, 인구는 10배로 늘어난, 비대한 서울을 유지하려면 더 빠른 선택이 없었을 것이다.[1]

정부는 대기업에게 싼 가격으로 땅을 공급했고 기업은 아파트를 짓기도 전에 수요자에게 선분양하는 방식으로 자금을 돌려왔다. 아파트가 지배적인 주거양식이 되고, 전 국민의 로망이 되면서 노무현 대통령 때는 아파트 값이 치솟는 사태가 벌어졌다. 집이 주거가치에서 재산가치로 확장되고 자리매김한 것이다. 옳다구나, 이때다, 하고 아파트를 더 열심히 지었을까? 실제는 또 달랐다. 이명박 정부 시절에는 4대강 사업이라는 '더 손쉬운' 국

---

1) 『메트로폴리스, 서울의 탄생』, 임동근·김종배 공저, 반비출판사, 2015

책사업에 재벌 건설사들이 몰리면서 아파트 공급이 오히려 줄어들었다.

정부는 대규모 아파트 대신 주택 수요를 충족하기 위해 소규모 공동주택, 즉 다가구·다세대 등 연립주택(이하 빌라라고 하겠다)의 건축 허가를 완화해줬다. 농업진흥지역이나 생산관리지역에도 빌라를 지을 수 있도록, 그것도 허가제가 아니라 신고제로 가능하도록 규제를 풀어버렸다. 이때는 상하수도 개념도 부족해서 빌라에 지하수를 이용한 상수도와 오수처리용 자가정화장치만 갖추면 허가가 날 정도였다.

달리 말하면, 난개발은 인구 통제와 관리에 실패한 결과라고 할 수 있다. 도시의 어메니티(Amenity, 편의시설)와 행정력을 따져볼 때 1,200만 경기도 인구, 그 중에 성남 120만, 수원 100만의 인구는 나름 준비된 계획인구로 시민들이 쾌적하게 도시의 삶을 영위할 수 있다. 그러나 준비되지 못한 인구 유입, 즉 비계획인구의 증가속도를 따라가지 못한 도시계획은 '재난'일 수밖에 없다.

주택 수요와 규제 완화로 새로이 기회를 얻은 농민들은 돈 안 되는 농지를 갈아엎어 월세 수입이 보장되는 건물주로 변신했다. 농사 짓던 생산녹지에 소규모 빌라들이 우후죽순 들어서니 저렴한 신축 빌라를 찾아 서울의 인구가 유입된다. 생활기반시설이 보장되지 않은 상태에서 계획되지 않은 인구가 빠르게 증가하니 학교, 도로, 병원 같은 인프라는 당연히 모자라게 된다. 광주시가가 그런 사례이고 특히 광주시 오포읍이 심한 경우이다.

1995~1996년쯤에는 경기도 남양주시가 그랬다. 당시 남양주시에서는 자투리땅이나 건물 사이 틈새 공간도 무시한 채 빌라들을 촘촘히 짓다 보니 낮에도 어두운 집들이 많아져 건축법이 강화됐다가 2007년쯤 주택보급사업 시행으로 빌라가 다시 늘어났다. 그 사이 광주는 '악명 높은' 난개발의 모델이 되었다. 학생과 유동인구, 자동차가 많아지니 과밀학급 문제와 함께 도로 문제도 불거졌다.

도로 중에서 차도를 예로 들면, 4m 폭의 좁은 도로에서는 차들이 교행을 못 한다. 차를 피해 걷기에도 위험하고 차들은 꼬리를 물고 이어져 혼잡한 악순환이 계속됐다. 이에 광주시장이 제출해 최근 통과된 도시계획 조례에는 '다가구, 다세대 등 연립주택 허가를 받기 위해 법정도로로부터 사업대상지까지 6m 도로를 확보해야 한다, 상하수도 연결도 의무화한다'를 명시했다.

조례 심의토론 진행 중에 '과도한 재산권 침해'라는 주장과 '난개발을 억제하기 위한 최소한의 조치'라는 주장이 팽팽하게 맞섰다. 반발의 소지는 많았다. 예전에는 4m 도로로도 빌라를 지을 수 있었지만, 후발 주자는 간선도로에서 6m 폭을 확보해야 토지 개발이 가능하니 이전보다 돈 벌 기회를 상실하게 되는 셈이다. 갑론을박 끝에 시의회는 개인의 이익보다 공동체의 미래를 선택했다. 나 또한 현실의 디스토피아냐, 미래의 유토피아냐의 기로에 서 있다면 미래지향적인 선택으로 가야 맞는다고 본다.

나는 지방이 부유해지기를 고민하는 1인이지만, 소도시에서 돈을 버는 방식은 제한적이라는 걸 안타까워하는 1인이기도 하다. 합법적인 행정 권한 내에서 돈을 버는 건 필요하고 좋은 일이지만, 소도시에서 부를 축적하는 방법의 상당수는 대체로 부정과 편법 건축, 그에 따른 이익관계 형성에서 나오는 경우가 많다. 우선해야 할 공공성보다는 특권 소수의 택지 개발 편의를 제공해주거나 꼼수를 쓰다가 난개발이 가속화되는 모순의 예를 많이 봐왔다.

늘 이런 질문을 던지고 있다. 빌라 짓는 일 말고 다르게 돈 버는 방법을 안다면 미래는 어떻게 바뀔까? 지속가능한 마을기업이나 협동조합, 공유(공동소유)나 분배가 순환되는 공동체 사업으로 수익을 창출할 수 있다면 어떨까? 지금으로서는 그 어떤 지방공무원도 토지 기반이 아닌 다른 수익모델을 본 적이 없다는 게 크나큰 불행이다.

백문이 불여일견이라고 정치인과 공무원, 지역의 활동가들에게 부가가치를 창출하는 선진 도시에 대한 견학 기회가 있어야 한다. 토지개발을 넘어, 선진 도시에서 본 다른 파일럿 실험이 한국에서도 적용 가능했으면 하는 바람이다. 승패와 상관없이 그런 시도를 용인해주는 사회적 동의 또한 얻어야 하고, 실험이 실패했을 경우에도 비난받지 않는 구조까지 뒷받침되어야 한다. 그런 시도와 실패가 모여야 발전과 성공이 한층 가까워질 것 같다.

땅에만 쏠렸던 시끄러운 방식 말고 사람과 지역경제를 살리는 온건하고 조용한 다른 길은 없을까? 우리가 조금만 손을 펴고 눈을 들면 찾을 수도 있을 것 같다. '맑고 풍요로운 새 광주'를 모색하고 모험하겠다는 노력만 멈추지 않는다면 말이다.

아직까지 뾰족한 시스템이 없으니 시간 가면 돈 나오는 확실하고 쉬운 일에만 매달려 한정된 땅에서 개발 모델만 순환되는 사회는 더 이상 발전할 수 없다는 걸 함께 인식해야 오늘도 밭을 갈아 빌라를 지어 올리는 현실을 바꿀 수 있다.

도시도 늙고, 거리도 늙고: 도시 기능의 노후화

—

"광주는 공기야 좋지만 살기에는 불편하고 답답해."

분당에서 살다가 광주로 이사 온 주민들의 얘기다. 왜 그런가? 아니 그 럴 수밖에 없다. 분당은 주거 중심으로 만들어진 신도시다. 규모 있는 아 파트 단지 내에 헬스클럽, 수영장, 도서관, 게스트하우스 같은 훌륭한 커 뮤니티 시설이 갖춰져 있다. 발에 흙을 묻히지 않고도 집 주변에서 쇼핑과 교육, 문화생활을 골고루 즐길 수 있으니, 그야말로 쾌적한 집단주거를 위 한 종합선물세트형 도시다.

분당과 가깝지만 광주의 상황은 매우 다르다. 서울이라는 거대도시의 확장을 막는 방어형(Defense) 개념의 도시, 유통기한이 짧은 신선한 채소를 서울로 공급해주는 도농복합도시로서, 주거 목적보다는 반주거 형태의 마 을이 광주다. 50만 인구의 분당에서 마음껏, 흔하게, 가까이 누리던 서비 스를 여기서는 기대하기 어렵다.

인구 34만이 사는 광주시의 면적은 서울시의 71% 정도다. 천만 서울 인구에 비해 인구는 서울의 3% 정도니까 1인당 토지 면적은 상당히 넓지만, 일상에 필요한 유지 에너지는 집약적인 서울보다 많이 든다.

(무리한 상상이지만, 서울시 수준과 비교해 100대 3이니까 광주에도 30배 이상의 에너지를 쏟으면 치안이나 편의시설, 학교 등이 서울과 비슷해질 수 있을까? 김칫국 한 번 마셔볼 때도 있다.)

도시의 태생적 격차는 해결할 수도 없고 달리 대책도 안 나온다. 게다가 아파트 중심이 아닌 연립주택 주거문화를 위한 국가의 정책 입안은 없다. 결국 주거는 개인이 해결해야 할 몫이다. 일부에서는 타운하우스 방식의 주거방식을 얘기하고는 있지만 그건 여전히 부동산 투기의 영역에 머물러 있다. 지속가능한 정책으로 가려면 도로, 상하수도, 에너지 공급 문제 등을 아우르고 해결해야 한다. 그렇게 따져보면 광주 같은 반도시반농촌형 주거방식은 아직까지도 비경제적, 비효율적이다.

나름의 해법을 하나 상상해본다. 타운하우스 방식이라면 도시계획을 잘 세워서 농촌에서도 서민형 타운하우스가 가능하겠지만, 그러면 토지개발에 대한 이익이 적어진다. 그렇다고 이익만 앞세워 비싸게 팔면 부자만 내려와서 살게 된다.

평균적인 지역주민이 사는 타운하우스라면 교육이나 편의시설 등 몇 가지는 포기해야 할 것이다. 어렵겠지만 이것도 양방향 소통시스템이 원활하다면 우선순위를 양보하고 조정해 가능성은 있다고 보인다.

"동네가 점점 재미없어져."

재미가 없어진다는 건 도시가, 마을이 늙고 있다는 증거다. 판교나 분당

처럼 화려하고 벤처기업이 많아서 투자가치도 있고 놀이문화가 다양해야
도시에 돈도 돌고 활기도 돈다. 광주시에서 제법 크다는 중앙로(송정동)는
아직까지도 서울의 80년대 느낌이다. 거리와 마을이 재밌어야 노인층도,
젊은층도 세대가 함께 모여 즐길 수 있다.

장터를 예로 들어보자. 옛날에 삼촌을 따라 장터에 가면 신기한 구경거
리와 먹거리가 많았다. 반면 지금의 광주 시내는 신기하고 새로운 게 없는
정체되고 정적인 느낌을 준다. 사람들이 안 모이니 돈이 안 돌고 재투자도
안 하고 재고는 쌓여만 간다. 도시가 늙지 않도록, 노후화되지 않도록 옛날
의 장터 같은 활력을 불어넣을 방법은 없을까?

서울의 피맛골을 들여다보자. 예전의 피맛골은 재밌었지만 현대화로 화

려해진 현재의 피맛골은 오히려 옛날만 못하다. 크고 멋진 새 건물에 길도 넓어지고 가게도 깨끗해졌지만 더 규격화, 정형화된 느낌이다.

양평도 떠오른다. 역세권에 38층 초고층 주상복합건물이 들어서서 양평의 새 랜드마크가 되는 동시에 기존에 있던 4층짜리 소규모 상권은 매우 어렵다고 한다. 낙수효과도 없고 소상공인의 공멸을 가져오는 대형몰을 나는 '필요악'이라고도 부르곤 한다.

지역경제에 도움이 안 되는 대규모 쇼핑몰 대신 적정한 규모와 적정한 방식의 작은 재미, 다양하고 소소한 재미가 있어야 되겠다. 볼 거리와 느낄 거리, 즉 밀리지 않고 지치지 않는 콘텐츠가 있어야 생명력을 유지할 수 있다. 미세먼지와 무더위에도, 다리가 아파도 자꾸 나와 보고 싶은 쏠

쏠한 매력과 중독성이 있는 거리는 어려울까?

다채로운 생기가 도는 젊은 거리를 위해 나는 아예 '차 없는 거리, 〈꺼리〉가 있는 거리' 실험을 해보고 싶다. 기존의 방식은 더 이상 사람들의 흥미를 끌지 못하니 역발상도 해보고 조금씩 바꿔보자는 거다.

차가 없으면 보고 걷고 느끼고 사람들과 소통하려는 시도나 자발적인 참여가 더 늘어날 것 같다. 이야깃거리, 놀 거리, 즐길 거리가 이어지는 다양성 거리, 만들기 체험이나 다문화 요리 강습이 있는 골목 문화교실, 버스킹 공연과 아트 공방 같은 문화산업이 피어나는 골목상권들…. 이런 상상과 시도가 혹시 실패한다면 원래대로 돌아가면 되니까 밑져야 본전 아닌가?

3

풍수해보험 조례와 지방공무원

—

2011년 광주가 입은 수해는 대단했다. 기록적인 폭우로 광주에서 4명이 사망했는데 그중 2명이 내 지역구에 사는 분들이었다. 이명박 대통령과 국무총리, 경기도지사 등 많은 지도자들이 광주를 방문했고, 수해지역 주민들은 재난지역 선포 등 국가 차원의 지원과 피해 복구를 요청했다.

법률은 집이 완전 침수됐을 때 보상금 100만 원에다 재난기금 100만 원, 임시 거처기간 동안 일비로 20만~60만 원 정도를 수해민들에게 지급하라고 명시할 뿐이다. 침수로 전자제품과 기타 살림살이가 싹 망가져도 공무원은 법정 피해보상금 200만여 원 외에는 더 계산해줄 수가 없다. 도배, 장판, 보일러 시공, 생활용품 구입에는 턱없이 부족한 보상금이다.

이런 불합리에 대한 비난은 현장에 있는 지방공무원과 지방의원들이 감수해야 한다. 나는 타개책으로 '재난피해 방지조례'를 제정해 상습침수지역에 대한 재난보험을 의무 가입시켜 피해에 대한 '실보험금 지급'이 가능하게 했다.

이 조례의 핵심은 지난 3년 이내 한 번이라도 풍수해 피해를 본 시민들에게 실비보상의 방안을 마련하기 위해 풍수해보험에 드는 것과 광주시장이 풍수해민의 피해를 분석하고 주민지원 계획의 실행을 의무화한 것이다.

지난 3년간 광주시의 풍수해 피해가구는 1,500여 가구로, 풍수해보험 가입의 개인부담금 중 일정액을 광주시가 지원하게 된다. 특히 기초생활 수급자나 세입자들에게는 개인부담금의 대부분을 지원받게 했다.

전국 최초로 지방자치단체가 풍수해보험을 통해 지역주민들의 피해를 구제하고 이에 대한 집행 책임을 자치단체장에게 강제한 '풍수해 피해주민 지원조례'라는 평가를 받았다. 주민과 지방자치단체가 지혜를 모아 자연재해를 극복해내는 이 제도는 유럽 등 선진국에서는 이미 활성화된 것으로 우리나라에서는 늦은 감이 있었다.

당시 지방공무원들은 과별로, 국별로, 팀별로 낮에는 수해복구, 밤에는 행정업무를 수행했다. 나도 피해지역 수해복구 사업에 늦은 밤까지 동참했었다. 현장에는 중앙공무원이나 광역공무원은 없었고, 모두 지역의 자원봉사자와 지방공무원이 나서서 구슬땀을 흘렸다. 이 모습들을 보면서 생각이 많아졌다.

'지방공무원의 정체성은 뭐라고 할 수 있을까? 국가공무원과는 어떻게 다를까?'

후에 이렇게 정리를 해봤다. 국가공무원이 뼈대와 같다면 지방공무원은 피부와 같다고. 불합리한 국가정책이나 지방행정으로 인해 피해를 본 시민들로부터 현장에서 비난받는 사람, 그래도 그 내용을 가감 없이 중앙에

보고하는 사람, 국가적 사무와 지방적 사무를 해결할 수 있도록 연결하고 도와주는 다리가 아닐까, 하고 말이다.

그러니 민원을 제기할 때는 공무원이 당장 그 민원을 해결해줄 거라는 생각은 접어두기를 바란다. 더 현명한 최선책은 공무원이 현 상황을 실감할 수 있도록 잘 설명하고 그 내용이 정책 결정이나 수정에 적용되도록 요구하는 것이다.

강조하지만 지방공무원은 중앙공무원이 아니다. 따라서 지방공무원을 일하게 하려면 새로운 기술, 즉 공감과 설득의 기술이 들어가야 한다.

일반 시민이 중앙공무원을 만나기는 너무나 어렵다. 나도 잠시 중앙공무원을 한 적이 있지만 민원인을 만나는 일보다 중앙 관료들을 위한 업무를 진행하는 일에 쫓길 때가 많았다. 그래서 '어린이집 대란' 같은 집단민원이 발생해도 민원인들은 과천종합청사나 국회 또는 청와대 앞에서 시위를 할 뿐 중앙공무원과 얼굴을 맞대고 토론하거나 따져 묻기가 힘들다.

반면에 지방공무원은 동네 사람처럼 항상 우리 곁에 있다. 다만 가깝다고, 내 일을 해줘야 하는 사람이라고 막 대하는 경우가 많은 것 같아 안타깝다.

정책상 허점들이야 보완을 더 해야겠지만, 지방공무원에게 지금의 불합리를 이해시키는 것이 문제 해결의 시작이다. 또한 불합리한 점을 이해시키기 위해서는 상대방의 전문성과 역할을 인정해주는 나의 '친절한' 태도도 필요하다고 본다.

PS. 퇴임이 가까운 50대 국장이나 과장급 공무원의 고민이라면 광주 난개발이 대부분이다. 그렇다면 30대 팀장급 공무원의 고민도 그럴까? 아직 젊은 그들에게 나는 이렇게 얘기하곤 한다.

"팀장님, 난개발이 지역 현안이긴 하지만 너무 고민하지 마세요. 팀장님이 국장이 됐을 때, 그러니까 15년, 20년 후에는 다른 문제가 떠오를 겁니다. 광주가 유토피아가 되지 않는 한 인공지능으로 인한 일자리 부재나 고령화, 도시 노후화가 더 문제가 될 겁니다. 지금부터는 다른 주제를 예측하고 틈틈이 준비해야 하지 않을까요?"

10여 년 후 광주시가 유토피아가 될까? 지금부터 10%, 20%의 역량을 따로 떼어내 준비하고 힘을 길러 놓아야 새로운 문제에 대응하고 해결할 일머리가 생기지 않을까? 예측 불가능한 내일, 불확실성만 가득한 미래라도 유비무환의 자세가 있다면 대비할 수 있다고 생각한다.

④
복지시설 감사조례와 복지 서비스의 미래
—

광주시는 타 지역보다 장애인이 많이 산다. 중도 장애를 포함해 노인성 장애나 일반 장애인의 수가 빨리 증가한 곳이다. 서울보다 쾌적하고 집값이 싼 광주에 와서 차액으로 장애인의 병원비나 돌봄 비용으로 쓰는 가구들이 많은데, 그 시민 중 3% 정도가 이동 지원이 필요한 교통약자들이다.

장애인 콜택시는 4년 전 9대에서 시작해 현재 15대로 늘려서 운영하고 있지만 막상 내가 필요할 때는 통화가 안 된다는 고충이 많다. 사실 복지 지원은 아무리 해도 수혜자 입장에서는 모자란 게 현실이다.

그렇다면 이용 승객을 나눠야겠다는 생각에 작업장이나 복지관 또는 자주 병원을 가야 하는 장애인들에게는 셔틀버스를 도입하자고 조례 발의만 해놓은 상태다. 1년째 공무원들에게 장애인 셔틀버스 도입의 절박함을 느끼도록 설득하는 중이다. 이 사업의 긍정적 측면을 공무원들이 이해하게 되면 장기 사업이 될 수 있다는 희망을 걸고 계속 정진 중이다.

콜택시, 셔틀버스 그리고 일반 택시에도 휠체어를 실을 수 있도록 시설을 보강하거나 시가 일정 비용을 부담해준다면 장애인 이동 편의에는 나

쓰지 않을 것이다. 이번에는 어려웠지만 차기에는 실현했으면 하는 숙원사업이다.

한 번은 지인이 광주시에 있는 한 특수학교에서 제공하는 점심 사진을 내게 보내줬다. 끼당 3,600원짜리 밥이라는데 시설 관계자들의 전용비리가 있었다는 주장이었다. 이게 밥인가 싶을 정도로 질 떨어지는 끼니를 보고 현장 실사를 해봤다. 결과적으로 전용비리를 확인하지 못했지만(이후 중거불충분으로 무혐의 처리됨) 시설 장애인들의 어려움을 알게 됐다.

장애인시설에 특수학교가 함께 운영되면서 경기도교육청에서 지급되는 급식단가(3,600원)와 생계급여 급식단가(2,200원)의 불일치가 문제였다. 아이들 급식으로 시작된 장애인시설에 대한 감사를 통해 여러가지 문제점이 드러났다.

시설을 만든 1세대는 사명감으로 시작했겠지만 2, 3세대는 돈을 버는 직업인이 된 듯한 인상을 받았다. 물론 국가가 민간에게 떠넘긴 복지사업이라서 돈만 주고 관리감독은 소홀했던 책임도 있다. 사전예방 차원과 공정한 복지시스템 구축을 위해 시설 관계자들을 교육해야겠다는 생각으로 '장애인복지시설 행정 및 사무감사에 대한 조례'를 만들었다. 회계감사는 회계법인 등에 의뢰하는 비용이 드니 2년 또는 3년에 한 번씩 감사를 받도록 했다.

소규모 복지시설은 대체로 일반 가정에서 운영하다 보니 행정교육이란 걸 받아본 적이 없다. 장애아동용 이동차량으로 시장도 보고 주유도 하다 보니 습관적으로 또는 본의 아니게 후원금 등을 유용하는 등 회계 개념이나 공사의 구분이 없었다. 다행히 감사를 거쳐 형사상 책임을 묻기 전에 사전예방의 효과를 거둘 수 있었다.

아울러 정부 예산이 많이 투입되는 대규모 시설도 감사해서 적정한 지원이 투명하게 지속되도록 했다. 어쩌면 당연한 일이겠지만 전국 최초로 이런 복지조례를 만드는 일은 보람도 있고 의미도 크다. 조금만 더 신경 써서 조례를 만들면 큰 에너지 들이지 않고도 더 나은 행정과 공동체 형성이 가능한 일 아닌가!

어디나 장애인구는 있게 마련이다. 그들이 장애인이 아니면 내가 장애인이었을 텐데 정상과 비정상을 구분하는 건 무의미한 차별 같다. 그들만 따로 생활하게 하는 수용시설은 되도록 지양하고 그룹홈 같은 홈케어로 가야 될 거라고 본다. 생존을 위한 모순이라면 같이 어울려 있어야 서로의 문제를 더 살피고 해결할 수 있다는 게 내 지론이다.

여전히 광주시는 복지가 모자란 편이다. 읍면동사무소(주민자치센터) 같은 공공기능이 여성과 아동을 보살피는 일반 복지업무를 소화하고 기능을 강화하면서 어느 정도 하드웨어는 구축된 편이다. 이 시스템 위에 진로와 심리, 가족 상담 같은 복지 소프트웨어를 더 심어주면 될 것이다.

장애인 복지 같은 전문 복지는 시설 구비와 비용이 더 들어서 현대화가 더딘 편이지만 행정망이 촘촘하게 잘 짜여 있으니 동사무소마다 특화 서비스를 제공하는 것도 제안해본다.

초고속 인터넷 덕분에 일반 행정서비스는 원격으로 출력하거나 신고가

가능해 업무량이 줄고 있다. (인구 증가지역은 여전히 일반 업무량이 많겠지만) 고령화 사회를 대비해 복지시스템을 구조화, 고도화시킨다면 평생교육까지 포함해 사람의 일생 전체를 지원·관리하는 복지 서비스를 묶어서 제공할 수 있다. 현장에서 보니 인력과 시설의 질적 보강만 있으면 그리 어려운 일이 아니겠다는 생각이다.

부족한 복지공간도 동사무소의 회의실 같은 공간을 공유하면 된다. 정책 의지에 따라 없던 공간도 나오고 있던 공간도 없어질 수 있으니 조금만 더 관심사와 시야를 넓히면 유에서 유를 창조 또는 공유하는 일은 어렵지 않다.

PS. 광주시에서 추진 중인 푸드뱅크 사업은 도시형 복지사업에는 적합한데 농촌에서는 큰 호응을 얻지 못하고 있다. 관련 종사자의 인건비와 수혜계층을 잘 따져보지 않으면 배보다 배꼽이 커지는 일도 간혹 있다. 전수조사까지는 하지 않더라도 적정 수준이나 규모는 지역마다 다르니 그 수혜계층을 좀 더 살펴야 할 사업이다.

광주에서
유동핑아

2장

자주경제와 공동체 복원의 길

절망의 들판에

희망의 씨앗을 날려 보내는 것은

아직 피울 꽃이 남아 있기 때문입니다.

1

빌라도 아파트처럼 관리한다면

—

빌라와 아파트의 가장 큰 차이를 들라면 수명과 관리비라고 하겠다. 아파트의 수명은 40년, 빌라의 수명은 20년으로 본다. 아파트는 관리소장이나 주택관리사가 관리하니 수명이 더 긴 편이다. (물론 공동주택의 수명도 관리자의 유무에 따라 줄거나 늘어날 수 있다.) 빌라는 아파트 관리비 같은 수선충당금이 따로 있는 곳도 있지만, 대부분 없다가 하자보수 공사가 생길 때 입주민들의 목돈이 들어가니 부담이 되어 공사를 미루게 된다.

2001년에 군에서 시로 승격된 광주시지만, 현재까지 이 지역에는 건물 청소 외에는 빌라의 유지·보수를 하는 외주업체가 없다. 빌라 입주자들도 공동 관리비를 내야 한다는 개념이 없다.

노후 수도관 교체를 예로 들면 이렇다. 아파트와 빌라 모두 그 사업의 대상이 된다. 차이라면 급여를 받는 관리소나 아파트관리자회의가 일괄 신청하느냐, 급여를 받지 않는 빌라의 입주자 대표가 집집마다, 저녁마다 초인종을 눌러서 일일이 서명을 받느냐에 있다. 큰 보수공사는 그 추진력과 효율성이 다를 수밖에 없다.

나는 이렇게 들쭉날쭉한 빌라 관리를 공공기능이 한 번 맡아서 담당해보자고 제안하고 있다.

고령화 사회로 접어들면서 열악한 빌라에 사는 노인이든, 브랜드 아파트에 사는 노인이든 주택 관리를 점점 힘겨워하는 실정이다. 다행히 '두꺼비하우징'이나 '무엇이든협동조합' 같은 주택수리 전문 사회적기업이 늘어나협업의 기회가 많아지니 반가운 일이다.

미국 등 선진국들처럼 이런 사회적기업이나 도시관리공사 등이 대신해서 매달 소액의 관리비를 받고 주도적으로 주거환경을 보수·관리해준다면지금보다 훨씬 빌라의 수명과 기능성 등이 나아질 것이다. 노인을 위해 턱과 계단을 줄여 가정 내 낙상사고를 예방할 실버주택이나 장애인을 위한주방과 욕실 개조도 이전보다 저렴하게 가능할 것이다.

빌라의 옥상에도 태양열 발전기를 설치해 에너지를 순환시키고 상하수도 관리도 지속적으로 강화할 수 있을 것이다. 그렇게만 된다면 광주시에서 전국 최초로 (일찍이 경험한 적 없는) 새로운 주거모델이 가능하지 않을까?인간을 행복하게 하는 진정한 공공성과 분배에 대한 실현 가능한 기대치가 나오지 않을까 기대해본다.

나는 서울 시민들이 광주로 밀려나오지 않았으면 좋겠다. 은퇴하고 서울의 아파트를 팔아서 자녀들을 결혼시킨 후 건강이나 경제 여건 때문에 집값이 싼 광주로 내려오는 이웃들이 많다. 주택 관리를 잘하는 분들도 있지만 관리를 할 줄 모르거나 안 하고 사시는 분들의 집은 낡아지고 수명도줄어든다. 그러다가 집을 팔고 나가면 더 가난한 사람이 들어와 불편하게 살아야 하는 악순환 속에 놓이게 된다. 이 가운데 도시는 슬럼(Slum)화되고 퇴보하기도 한다.

그렇다면 다음 차례는 재개발이다. 말만 그럴듯한 재개발의 속사정은 알다시피 원주민을 쫓아내는 게 목적인 현실이다. 재개발 후 보이지 않는 가격장벽으로 인해 원주민의 재입주율이 5%밖에 안 된다면 지역공동체의 안정적인 유지는 어려워진다.

빛 좋은 개살구나 속 빈 강정 같은 재개발 방식은 위험하다. 재개발을 제법 세련된 언어로 포장한 도시재생사업 또한 그렇다. 도시재생을 하고 싶어도 여유 공간이 있어야 가능한 일 아닌가. 아파트의 재건축에 비해 빌라의 재건축이 어려운 이유도 이 때문이다. 많은 경우, 돈 있는 사람들이 원주민을 쫓아내고 그 자리에다 20층짜리 아파트를 짓고 팔아먹는 방식이 빌라의 재건축 아닌가.

재건축이 아니라면 리모델링 방식일 텐데, 빌라 한 동에 살던 8가구 모두가 기꺼이 2천만 원씩 내서 집을 뜯어고치겠다고 할까? 아파트는 담당 전문가들이 있지만 빌라는 일괄 담당할 대행업체가 없다. 그래서 빌라의 보수 문제는 공공기능이 나서서 맡아줬으면 좋겠다. 공공기능이 공여지를 확보하고 활용하는 만큼 주민들에게도 지속가능한 공동체의 중요성을 실감하게 해줄 수 있다고 본다.

오지랖이 넓어 서울로 넘어가보겠다. 최근 서울 대치동의 은마아파트에 49층 높이의 재개발 허가가 났다고 한다. 그렇다면 50년 후에는 99층 높이로 높여 지으라고 또 허가를 내줘야 할까? (서울시의 최고 35층 원칙을 수용해

35층 재건축 추진으로 막을 내렸으니 다행이라고 할까?) 혹시 노동인구는 줄고 노인층만 늘어서 거기도 슬럼화되지는 않을까?

지금의 아파트 중심의 주거문화 방식은 어쩌면 폭탄 돌리기일지 모른다. 당장 폭탄 안 터진다고 어물어물 이렇게는 가지 말았으면 한다. 악순환과 모순의 폭탄은 터지게 마련이고, 다행히 내 차례가 아니라면 불행히 내 자녀들의 차례가 될 수도 있다.

다 알면서도 쉬쉬하던 주거문화, 이제 솔직하게 터놓고 짚어봤으면 좋겠다. 해법이라면 재개발이 아닌 재생으로, 개인이 아니라 공공이 맡아야 한다고 본다. 주거환경의 재조정과 재배치의 개념까지 아울러야 이 문제는 해결될 수 있다. 물론 땅주인이 각각 다르니 토지의 모양은 제각각 불안정하겠지만 지금보다는 주차공간과 놀이터 여유분이 확보될 수 있다.

오래전 대구에서 시행한 '마을 담장 없애기' 정책이 생각난다. 집집마다 담장 벽을 허물어 동네 안길을 확보했다가 자동차 수가 급증하면서 그 빛이 바래긴 했지만, 벽만 허물어도 주차공간이 넓어지지 않나.

아파트에서는 주차로 싸우지 않는데 빌라에서는 주차 때문에 종종 삿대질과 욕설, 흉기까지 난무하곤 한다. 왜 그럴까? 내 집 앞이라고 해서 꼭 내 공간이라는 법은 없다. 공공의 공간, 우리의 공간이라는 공공의 개념이 부족해서 그렇다. 내 집 앞이 나 말고도 행인의 공간, 이웃 사람의 공간으로도 공유될 수 있는데 말이다. 공공의 공간을 배려하는 생각의 틀이 넓어져야 도시재생이 가능하다. 광주 같은 도농복합도시나 지방은 서울처럼 집들이 다닥다닥 붙어있지 않으니 공간을 공유하는 일이 더욱 가능하지 않은가?

공공의 공간, 즉 주민공동시설의 필요를 느낀 나는 주택건설조례 발의에서 이를 제안했다. 원룸형 주택의 주차장(0.6대), 주택단지 내 전기자동차 주차구역 확보, 비상급수시설 설치 등으로 공동주택단지 주거환경의 질을 한 단계 높일 수 있다고 생각했다. 주민공동시설은 놀이터, 어린이집, 경로당, 주민운동시설, 작은도서관, 폐기물보관시설 등으로 공공의 요구를 충족시키는 공간이다.

도시계획정책을 짤 때는 이 공공의 개념을 확장해서 현재의 도시문제를 해소하는 걸 원칙으로 삼아야 한다. 이 개념이 적용돼야 지역민의 지역소외감이 없어지고 자부심도 높아질 것이다.

진짜 부자는 소유하지 않는다고 한다. 공기와 햇빛이 공짜이듯이 공동으로 나누고 누릴 수 있는 방법은 어쩌면 많지 않을까?

도로와 교통: 도로의 개념을 바꾼다면

—

'도로가 먼저일까? 교통이 먼저일까?'

나는 그동안 도로를 줄곧 생각하다가 도로에 갇혀버렸던 것 같다. 마을을 위해서는 도로를 먼저 깔고 도로이동선에 맞춰 주택과 상가가 들어서는 게 좋다고 생각했다. 하지만 온라인으로 도시를 건설하고 도로를 만드는 심시티 시뮬레이션 게임과 현실은 다른 것이었다. 자동차가 급증하면서 차 중심의 도시가 되니 내가 틀렸다는 걸 알았다.

도로가 우선이 아니라 교통이 우선이다. 도시계획의 기본은 교통량을 줄이는 방법을 찾는 데 있다. 따라서 도로의 개념과 우선순위도 바뀌어야 했다. 교통의 흐름과 이동을 고려할 때 유모차와 노인도로 확보도 우선순위에서 밀리면 안 된다.

광주시에는 교행이 안 되는 곳이 있다. 위급 시 소방차가 들어갈 수 없는 좁은 길이라면 중간 중간에 교행 공간을 만들어줘야 한다. 되도록 마을 안쪽에는 차보다는 놀이터나 공터가 생기도록 마을 조성과 운영의 묘를 살려야 한다. 이런 배려가 빠진 도시계획이라면 공유와 공동의 개념을 잃은 불편하고 이기적인 마을을 만들 것이다.

롤모델을 찾으려고 외국의 도로와 상가의 견학을 많이 다녀봤다. 외곽도로와 함께 방사상으로 계획된 파리는 말할 것도 없고, 뉴욕의 맨해튼만 봐도 남북으로 긴 애비뉴(Avenue)와 동서로 긴 스트리트(Street)를 따라 번화한 상가와 회사, 미술관, 공원 등이 특색 있게 늘어서 있다. 상업지구인 아케이드는 적절하게 난 작은 출입구들이 소비자들의 동선을 안내하고 상점으로 유도하고 있다. 관광객들이 몰리는 유명한 도시들은 대부분 자동차보다는 보행자 우선의 교통, 보행자 중심의 거리를 가지고 있다는 점이 인상적이었다.

일단 사람들이 모여야 소통이 되고 끼리끼리 커뮤니티를 만들어야 지역경제도 살고 홍보도 이어진다. 사람이 모이는 거리의 첫째 조건은 편안하고 안전한 보행 환경이다. 동시에 주변에 살 것, 볼 것, 즐길 것들이 있어야 오래 머물고 자주 올 수 있다. 재미있는 골목을 만들고 재치 있는 숨길(숨어 있는 길)을 살려나갈 다양성 실험이 이어지고 성공했으면 하는 바람이다.

아쉽게도 지방은 대기업과 부자가 길을 길게 점령하는 방식이 많아서 고민 중이다. 소상공인과도 상생이 가능한 다양한 정책과 차별화된 도시계획은 뭘까? 자본주와 건물주의 세상이라고 해도 상생을 무너뜨리는 젠트리피케이션(Gentrification) 걱정 없이 생업과 꿈을 이어갈 해법들이 절실한 때다. 절실하니 서툰 시도라도 멈추지 않아야 한다. 같이 가고 싶은 세상은 정글이 아닌 상생의 숲이니 말이다.

여의도에서 일할 때 광주에서 출퇴근하는 데 왕복 3~4시간이 걸렸다. 대중교통과 승용차의 차이는 30분 정도였다. 그때는 퇴근이 늦어서 거리보다는 속도가, 시간의 단축이 더 중요했다.

지금처럼 점점 더 빠른 속도를 요구하는 속도사회에서 '노인들을 위한 적정한 속도는 얼마일까?' 자문해본다. 속도가 중요한 젊은 층을 위한 더 빠른 도로, 노인을 위한 안전한 저속도로, 둘 다 고려하지 않을 수 없다. 기존 도로의 폭에서 인도나 자전거 도로, 저속도로를 어떻게 확보해내느냐가 고령화 사회의 교통정책을 정하는 데 관건이 된다고 본다.

북한강에서부터 한강까지 자전거도로가 길고 멋지게 연결되어 있지만 이건 레저용이다. 건강과 여가를 즐기기 위한 길이지 일상생활용 도로는 아니다. 앞으로는 생활용 자전거도로와 저속도로를 늘려야 될 것이다. (2.5m 폭의 자동차도로에서도 자전거 왕복은 가능하다.) 도로와 교통에 대한 개념을 확장하고 이를 유연하게 활용할수록 교통약자도 편안히 이동할 수 있을 것이고, 좁은 길도 더 넓고 편안하게 다닐 수 있을 것이다.

3

지방에서 먹고살기: 자주경제는 가능할까?
—

"서울 살다가, 또 분당 살다가
왜 광주로 이사 오셨어요?"
"집값이 싸니까요. 출퇴근 교통비는 좀 들어도
매달 따박따박 돌아오는 월세 압박은 덜 하죠."

그렇게 내려오신 외지인들의 비율이 70%나 되니 광주는 잠만 자고 나가는 베드타운으로 변하고 있다. 주민들이 별 보고 나가고 달 보고 들어오는 위성도시가 되니 지역사회에 대한 관심이나 애정은 자연히 줄어든다.

이러다 보니 '국가 운영에는 관심, 지역 운영에는 무관심' 현상이 두드러진다. 내 일자리와 돈벌이가 우선이지 마을 공동체나 지역 소속감은 뒷전으로 밀려난다.

지금은 선출직 시의원이지만 이전의 나는 서울로 출퇴근하는 출퇴근 유목민이었다. 아침 6시에 일어나 7시 전에 출발해 9시 전에 출근했고 6시에

땡 칼퇴근하더라도 집에는 밤 8시에서 9시 사이에 도착했다. 허겁지겁 저녁이라도 먹으면 10시, 그리고 다시 아침이 밝았다.

그중 어떤 기간에는 녹색연합 현장 활동가로 활동했고, 또 어떤 기간에는 민주당과 국회에서 근무하면서 정치현안과 지역문제에 관심을 쏟았지만, 정작 내가 살고 있는 광주 현안에 대해서는 무지했으며, 우리와 우리 공동체를 위한 실천과 노력은 발현하지 못했다.

나의 관심은 그저 중앙과 국가 운영, 그리고 대의였던 시절이었다.

아직까지도 국가의 대표를 뽑는 선거에는 열을 올려도 마을의 활동가를 뽑는 선거에는 후보자의 이름도 얼굴도 모르는 일이 다반사다.

(하지만 기억해야 한다. '정치에 무관심한 대중은 나쁜 정치인에게 최고의 선물'이라는 것을. 한국의 정치를 꿰뚫어 본 영국인 기자 다니엘 튜더의 『익숙한 절망 불편한 희망』을 읽으며 '정치란 함께하는 기술, 가능성의 예술'이라는 말에 공감했다.)

예전에는 소위 지역 유지, 그러니까 큰 주유소나 슈퍼마켓을 운영하는 자영업자들이 지역의 의원으로 당선됐다. 70%의 다수가 관심이 없으니 30% 소수의 이익을 따라 지역이 운영되는 불상사가 허다했다. 다수결과 국민 주권을 원칙으로 하는 민주주의 국가가 말없는 다수의 의견보다는 말 많은 소수의 이익과 이해관계, 즉 소수결정(소수결)에 휘둘려온 것이다.

물론 국가 운영에는 사활을 걸고 지방 운영에는 무관심한 지역주민들을 탓할 수는 없다. 일은 도시에서, 생활은 지방에서 하는, 따로 노는 이중생활도 피곤하고 쉽지 않음을 모르는 바 아니다.

1997년 한국을 덮친 IMF 때부터 나는 이런 고민을 계속해왔다.

'가계부채와 금리변동으로 올 수 있는 제2의 IMF나 예측 불가능한 경제 위기를 예방하려면 기본 경제 체력을 키워야 한다. 믿었던 화폐가치가 떨어져 돈이 종잇조각이 되고 우리의 생산성이 무지막지하게 무너져버린다면 어떻게 대처할 것인가?'

예전처럼 그냥 당할 수만은 없지 않은가. 월 100만 원짜리 월급쟁이의 월급이 당장 내일부터 끊긴다 해도 50만 원이 지역에서 생산 또는 공유된다면 50%의 경쟁력으로나마 얼마간 견뎌낼 수 있다. 그렇게라도 버텨내면 상황은 나아져 다시 규모의 경제를 영위할 날이 다가올 것이다.

중산층 서민 중 잘나갔다는 삼성맨이라고 해도 임원이 아니라면 퇴직 시 많아야 3~4억 정도의 퇴직금을 받는다. 자녀들 결혼시키느라 집을 담보로 대출을 받았다가 주택 가격이 폭락해버린다면 이 은퇴자는 어떤 삶을 살아야 할까?

국민들이 가진 대부분의 재산가치는 현금보다는 부동산이다. 만약 대출이라도 있다면 은행에서는 위기상황 때 곧장 원금 상환을 요구할 것이고 현금이 없는 이들에게 상환 문제를 해결할 방법은 없다. 국가와 지역 모두가 붕괴되는 유동성 위기에도 견뎌낼 만한 경제 근육과 대책은 뭘까? 자문자답해본다.

지방정부의 고민도 지방의 일자리와 투자가치에 있다. 광주시도 ICT 산업과 R&D 첨단산업센터를 유치하는 등 미래 성장산업의 거점도시로 발돋움하고자 이래저래 애쓰고 있다. 먹고살 궁리에 급급해 획일적 개발로

달려온 지금, 지방의 다양성과 지역성이 무너진 상태에서는 경제적 이득의 다양한 창출이 어렵다.

메트로폴리스가 아닌 소트로폴리스, 광주에서 해보고 싶은 작지만 강한 강소 지역경제시스템은 이렇다. 지역 생산품을 나누고 소비하기, 단골집 만들기, 물건 공유와 순환, 지역화폐 교환, 민관 협업 등의 활성화로 이어지는 경제순환이다. 거대 프랜차이즈 틈새로 개인들의 망을 짜서 넓혀보는 일도 필요하다고 본다.

당장은 어려워 보이기도 하지만 작게라도 시작하고 차차 늘려나가면 더 많은 시민의 관심과 참여를 얻을 수 있고 지역 운영에도 차츰 힘을 받을 것이다. 소규모 혈액순환이라도 지역주민이 자발적으로 참여하고 이득을 나누는 지속가능한 시스템이 맞는 방향이라고 본다.

또한 대도시 서울의 위성도시인 경기도 광주와 그저 작은 농촌도시인 전라북도 무주는 서로 체격이 다르듯이 각 지역에 맞춘 다른 지역경제구조를 만들어야 할 테고, 지방정부는 더 많은 정보와 조직력을 가지고 시스템 확장에 앞장서주었으면 하는 바람이다. (4장의 '광주의 미래 먹거리'에서 덧붙여 설명하겠다.)

지방정부는 그 지역의 자영업에 대한 적정 데이터를 가지고 있다. 치킨집, 편의점, 프랜차이즈, 택시, 어린이집, 세탁소, 구멍가게까지 작은 파이를 나눠 먹어야 하는 구조에서 소규모 자영업과 골목상권의 살길은 뭘까? 지방정부는 창업 준비자들에게 위치 선정 등 필요한 소스나 매뉴얼을 공급해주는 정보센터 역할을 해야 한다. 지역의 특성과 틈새시장을 알도록 안내하고 나아가 소비자와 산업의 트렌드도 소개하는 등 실질적인 정보와 도움을 줄 수 있어야 한다.

대체로 소비자들은 프랜차이즈 구매 같은 안전한 소비를 하려고 한다. 광주에 있는 대형 프랜차이즈 빵을 사도 서울로 돈이 들어간다. 본사로 갔다가 지역으로 내려오긴 하지만 그 돈이 지역에서는 잘 안 도는 구조다.

지역에서 생산과 소비가 순환되려면 지역의 생산자(마을기업, 협동조합, 마을상점)와 소비자에 대한 데이터를 공급하고, SNS와 후속사업을 통해 각자의 필요를 긴밀하게 연결해줘야 한다. 그래야 대형 프랜차이즈가 아닌 개인의 소상공도 경쟁력이 생겨 지방의 경제기능도 살아나고 특색도 만들어 나갈 수 있다고 본다.

물론 사회의 오래된 질병이나 악습을 자치단체 수준에서 해결할 수는 없다. 그럼에도 지방자치단체가 스스로 가지고 있는 문제를 진단하고 이에 근거해 우선 해결해야 할 가치를 선언해야 한다. 지방의 자주경제, 즉 돈이 지역 안에서 안정적이고 원활하게 순환되는 시스템 구축, 이 상상과 노력을 계속할 것이다.

4

지방경제의 살길: 대형마트와 소비자

—

'어느 날 우리 동네 대형마트가 망한다면 어떻게 될까?'

나도 말만 그럴듯한 협력업체인 공급업체를 괴롭혀서 반품과 A/S가 잘 되는 제품을 만들고, 저가의 중국산 제품을 판매하고 있는 대형 유통업체들의 소비자로 살고 있다. 자본주의 사회에서 대형 마트의 기형적 구조는 어느 정도 인정한다.

그러다가 잘나가던 대형마트가 망하면 광주는 어찌 될까? 당장 구조조정으로 1,000명이던 직원이 반 토막으로 줄어든다면? 500명이 실직하면 3인 가족 기준으로 1,500명 이상의 생계가 위협받는다. 어쩔 수 없이 소비를 줄이고 학원을 끊어버리니 구멍가게도 학원도 휘청거린다. 회사야 회생절차를 밟으면 되겠지만 가정의 통장이 바닥을 치고 마이너스가 되면 지역도 함께 쪼그라들 수밖에 없다.

그렇다면 지방정부는 어떤 대안을 내놓아야 할까? 당장 500명의 일자리를 어떻게 만드나? 2018년 노동자 최저임금이 7,530원, 주 40시간 기준 월 209시간으로 월급을 환산하면 1,573,770원, 이 중 50%를 긴급 생활비로 지급한다고 하더라도 실직 노동자 1인당 786,885원씩 500명에게 3억 9,344만 2,500원을 얼마나 지원할 수 있을까? 과연 약 4억 원씩 몇 개월이나 이어갈 수 있을까?

그래서 지방에 큰 기업 하나만 있는 건 (와인 잔처럼 깨지기 쉬운) 위험하고 잘못된 경제구조라고 본다. 기업이 잘될 때는 나름의 역할을 잘 하지만 위기가 오면 대안이 없기 때문이다.

지방경제를 살리려면 우선 지역을 받쳐줄 하부경제의 망을 키워놔야 한다.

빵을 예로 들어보겠다. 유명 프랜차이즈 빵집은 친절하고 카카오페이로도 구매 가능하며 레시피도 다양해 신제품도 많이 나온다. 반면 개인이 하는 일반 빵집은 다양한 기술 개발이 다소 느리거나 비정기적인 편이다. 만약 유명 프랜차이즈 빵집이 망하면 계란을 대던 양계장은 물론 배달·수송업체까지 일시에 타격을 받는다. 개인의 빵집은 하나만 망하지 줄도산까지 이어지지는 않는다.

쓰나미급 충격을 견디려면 작아도 오래갈 지역상권을 살려야 한다고 주장하고 있다. 이건 위기관리 차원에서도 꼭 지켜내야 할 지역경제의 숙제기도 하다. 그렇다고 맛없는 빵을 강매할 수는 없으니 대기업의 R&D(연구소) 기능을 강화할 지역협동조합을 구축해서 같이 가야 한다.

지역 관공서의 식품과와 협력해서 요리법과 신제품을 연구·개발하고 지역화폐도 활용하면 가능할 것이다. 생산품이 아닌 화폐는 교환가치가 중요하다. 현금이 아니라도 교환에는 상관없으니 옆집의 피아노 레슨 10시간과 우리 집의 쌀 20kg을 교환하면 된다. 지역 생산품이 지역에서 재순환되는 구조로 재편된다면 지역경제는 조금씩 살아날 것이다. 마을 상점을 이용하는 단골 소비가 늘어나면 생산-소비-분배의 고리가 더 단단해질 거라고 본다. (알다시피 재래시장 활성화를 위해 대규모 슈퍼마켓의 격주 휴무제를 시작한 곳은 중앙이 아니라 전주시였다.)

이와 맞물려 지방 특성화 연구를 강화하고, 일방적인 대기업에 대항할 지역경제 네트워크를 구축할 필요도 있다. 이 네트워크를 지지하고 소비자가 소비권한을 행사해준다면 지역의 경제 체력은 더욱 튼튼해지고, 승자독식에서 약자상생으로 체질을 개선할 수 있을 것이다.

IMF 때 서른이었던 나는 녹색연합에서 활동가로 일하고 있었다. 그나마 평탄하게 지나던 나도 카드론을 해서 3년을 갚아나가던 시절이었으니 내 주변은 더 처참했었다. 이런 참변이 또 오면 안 되겠고, 이제는 20년이 지났으니 안정과 성장이 있어야 되겠지만 금융과 부동산 버블 붕괴로 제2의 경제대공황이 온다는 예측에도 대비해야 할 것이다.

그러려면 웬만한 타격에나 굴곡에도 굴하지 않을 바닥경제(서민경제, 하부경제)의 기본기가 어느 정도 갖춰져야 한다. 월 100만 원을 받다가 망해서 40~50만 원을 받는다 해도 견뎌낼 수 있어야 한다. 수입이 제로가 아니니 소비의 규모를 줄이고 허리띠를 졸라매면 된다. 학원도 끊고 술, 담배도 끊거나 싼 것으로 대체하는 근성을 발휘해본다면 경기를 어느 정도 회복할 수 있을 것이다.

나는 여전히 '최종 소비자가 생산자를 견제할 수 있다'는 믿음을 가지고 있다. 소비자들의 동의를 구해서 함께 움직인다면 소비자들이 좌우할 수 있는 일은 많다.

"광주에 대형 아파트 공급하겠습니다, 환경도 개선하겠습니다, 유입인구와 원주민의 갈등 해결하겠습니다, 퇴촌에 첨단 연구개발산업을 유치하겠습니다…"

좋은 정책, 좋아 보이는 정책에도 뒤집어보고 들어가 보면 모순과 충돌이 내재한다. 세상의 일에는 항상 장점과 단점이 공존하고 있다는 걸 감지해야 한다.

특히 광주처럼 인구가 급변하는 성장통을 앓고 있는 도시에서의 정책 선택은 장점과 단점을 검토하고 바라는 모든 것이 아니라 절실한 한둘을 선택하는 용기가 필요하다. 정치 소비자인 시민은 이 점을 인식해주기를 바란다. 더 좋은 정책과 덜 좋은 정책 사이에서 내가 원하는 사회를 현명하게 선택해줄 것을 바랄 따름이다.

이제 소비자들이 모여 생산자들에게 양립할 수 없는 가치들을 깨닫고 판단하게 해줘야 한다. 약자들이 모이면 강자를 견제할 수 있기 때문이다. 시민들이 시 정책에 관여할 때 모순을 모순이라고, 허상을 허상이라고 지적해주면 우리의 내일은 달라지리라. 당장은 서로의 관계가 불편하고 힘들겠지만 장기적으로는 더 건강해지고 나아질 거라는 소박한 믿음을 내려놓고 싶지 않다.

5

노동자와 소비자조합의 힘을 모으면

—

예전에 국민기업 '기아'를 살리자는 운동이 있었다.

'기아가 왜 국민기업이지? 국민주가 많으면 국민기업이고 외국주가 많으면 외국기업인가? 그럼 단국적기업은 좋고 다국적기업은 다 나쁜가? 왜 굳이 경쟁력을 잃어가는 기아를 살려야 하지?' 이런 질문들이 계속 머릿속을 떠돌았다. 국민기업이어야 국민들에게 '삥'을 뜯을 수 있으니 어떻게든 살려내라는 주술인지 상술인지 모를 구호를 되새겨봤다.

요즘 같은 글로벌 경쟁시대에서 소비구조에 참여하지 못하는 기업은 도태되는 게 당연지사 같다. 머지않아 자생력을 갖추지 못한 기업들을 대신해 소비자협동조합이 세상을 지배할 날도 꿈꿔본다.

호황기에 생산자들의 노동가치를 높이 평가하고 생산활동을 신성시했듯이, 건강하고 건전한 소비도 신성한 노동만큼이나 가치가 있다고 강조하고 싶다. 착한 소비, 공정하고 바른 선택을 하는 소비자들이 제대로 된 기업과 제대로 된 시스템을 키우고 유지할 수 있다고 본다.

내가 녹색연합에서 일할 때 환경이 오염되면 가난한 노동자 계층이 제일 힘들다는 걸 실감한 적이 있다. 1990년대 중반, 수도권에 매립지가 만들어지면서 그 위로 항공방제를 실시해 소독약을 하늘에서 뿌린 사례가 있었다.

이때 보상을 제일 많이 받은 사람이 농민과 토지주, 제일 못 받은 사람이 월세 사는 직장인들이었다. 재산에 비례해서 보상받기 때문에 토지소유자, 주택소유자 순으로 내려간다. 재산 많은 사람이 더 많이 보상받는다는 이 계산이 틀렸다는 법적 근거도 없고, 환경오염으로 가장 피해를 많이 받는 약자를 위한 사회적 장치도 없었다. '누군가는 이런 분배구조를 뒤집어야 하지 않을까? 뒤집을 수 없다면 잘못됐다고 소리라도 내질러야 하지 않을까?' 의아해하면서 실상과 이상 사이를 오갔다.

노동자와 약자들을 살펴보다가 소비자운동까지 생각이 이어졌다. GMO(유전자조작식품) 불매운동의 예에서도 그런 경험을 했다. 고객이 왕이니 생산자의 왕도 소비자가 될 수 있다. 왕인 소비자가 하인인 생산자한테 "너희 이거 틀렸으니 나 너네 물건 안 살 거야, 일용직 노동자 임금 밀리지 말고 제때 줘, 무조건 가격 후려치지 마, 우리가 적정한 가격으로 사줄게" 하면서 거센 발언도 하고, 소비자의 힘으로 쉽게 가려는 자본의 논리를 바르게 조정할 수 있어야 한다.

하남에 새로 생긴 스타필드 쇼핑몰에 가보니 이국적인 레스토랑도 많았고 볼 거리들이 제법 있었다. 화려하고 세련된 신상품들이 즐비했지만 그렇다고 열렬하게 사고 싶지는 않았다. 재래시장에서 파는 상품들과 비교해볼 때 기능성의 차이를 별로 못 느꼈다. 서비스 비용도 더 붙는 쇼핑몰보다는 가능하면 지역의 비체인점을 살려야 지역경제가 돌아간다고 믿는 나로서는 별로 구매욕이 일지 않았다.

물건의 안전성과 A/S 면에서 대형마트는 상당히 뛰어나다. 반면 재래시장이나 지역상인은 A/S나 반품이 어렵다. 반품이 적기도 하지만 물류비용이 비싸기 때문이다. 대형 유통업체나 SSM(Super Supermarket)은 최종 소비자의 요구를 을인 공급업체에게 재요구해서 자기들의 경비나 리스크를 줄이려고 한다. 지역상인은 본인의 리스크가 커지니 가능하면 반품을 안 받거나 안 하는 방식으로 시스템을 구축해왔다.

여기서 또다시 기억해야 할 것은 프랜차이즈 구매처럼 대형 슈퍼마켓으로 돈이 들어가면 지역으로 안 내려오는 현실이다. 나중에 편의점처럼 대형 슈퍼마켓의 코너 상인이 되지 않으려면 개인 상인도 A/S나 할인, 이벤트나 쿠폰 같은 기타 서비스를 좀 더 개발해야 할 것 같다. 물론 대형 판매자를 이길 수는 없겠지만 지지 않겠다는 노력을 쏟는 것도 중요하다고 본다. 그리고 여기에 지방정부의 도움이 필요하다.

6

녹색연합, 내 인생의 터닝포인트

—

청년시절 나의 모습

"전에는 구름 위를 걸어 다니는 사람 같았는데…
요즘은 그래도 땅 위를 걷는 편이네요."

아내가 나한테 가끔 하는 말이다. 전에는 이상을 찾아 혼자 날아다녔고
요즘은 질문하고 생각하고 다른 의견도 포용하느라 약간 느려졌다. 조심

성이 생긴 건 좋은 일인 것 같다. 돌아보니 나는 돈복만 빼고 일복도, 인복도 많은 사람이다.

신학대학에서는 독일의 생태신학을 배우며 환경과 신앙의 연결고리를 생각해봤다. '자연도 신의 피조물이고 인간의 죄 때문에 자연이 상처를 입으면 그것 또한 신에 대한 인간의 죄'라는 이론에 공감했다. 졸업 후 6개월 간의 전도사 생활 실험을 마치고 내 기질과 성향에 대해서 좀 더 알게 됐다. 이제 뭘 할까 하던 때 녹색연합의 공채 공고를 보고는 바로 지원했고 핵 담당자가 되어서 일하게 됐다.

3개월 내내 술자리에서 선배들에게 수질 측정하는 법 등 이공계 과외를 받으며 잡다한 일을 했다. 나중에 미군 군사기지의 환경오염 실태를 조사하겠다고 했더니 "설마 미군인데 잘했겠지" 또는 "한국 군대가 더 심하지 않겠니?"라고 하는 등 크게 찬성하는 분위기는 아니었다. 수차례의 출장 요청 끝에 결국 단체는 '출장은 허락하지만 출장비는 스스로 해결하라'는

군산기지의 소음도를 측정하는 ᅟᅵᅟᅵᅟᅵ의 이현철 간사. 도로가보다 평균소음도가 높은 것으로 측정됐다.

조건으로 사업을 승낙했다. 1996년 초가을, 나는 배낭에 소음측정기, 토양 샘플 수거통, 수질측정기를 넣고 전국을 떠돌아다녔다.

다행히 선배들의 많은 지원과 도움을 얻어 11개 지역, 30여 미군기지의 소음과 수질, 토양오염을 조사했고 그 과정은 시사주간지 '한겨레21'에도 실렸다. 다양한 사람들과 단체를 방문하고, 반핵국제대회와 미군기지 정화를 위한 국제대회에 한국 대표로 참가하면서 지금의 내가 만들어졌다. 늦은 밤까지 나를 가르쳐준 선배들과 출장을 허가해준 분들께 지금도 감사하다. 젊고 용감하고 무모하기까지 했던 시절, 그때가 많이 그립다.

그때는 인터넷이 없던 때였으니 정보가 돈이었고 그 유통기한 또한 길었다. 정보가 권력이었던 시절에 데이터를 모으고 가공해 정보를 생산했으니 상상이 현실이 되기도 하고 비현실이 되기도 했다. 바보도 옳고 천재도 틀릴 수 있다는 걸 그때 배웠다.

수원에 있는 김타균과 함께 '좌현철 우타균'으로 활동했다. 나는 데이터를 캐고 타균은 언론 홍보를 맡아 웃고 싸우면서 같이 일하다 보니 세상 경험치는 늘었고 타인의 의견에 귀 기울이는 법도 배웠다. 직업은 바뀌었지만 가능한 꿈을 꾸는 이상주의자로서 계속 정진하고 있으니 감사하다.

PS. 미군기지(U.S. Bases)에 집중하던 때부터 온라인 활동을 하다 보니 내 메일이나 블로그 주소는 전부 usbases로 통일하게 됐다.

최근 미군기지를 용산에서 평택으로 이전하는 상황을 보며 내 동네의 모순을 축소하거나 없애려고 하기보다는 자기모순을 다른 동네로 전가하려는 비겁함(?)을 보는 것 같아 아쉬웠다. 사회 모순의 본질을 해결하고 대안을 찾으려면 수혜자와 공급자는 가까운 거리에 있어야 서로 관심을 갖고 조정할 수 있다고 본다. 식민지처럼 떨어뜨려 놓고 문제를 격리시키는 동안 각종 오해와 병리현상은 커질 수 있기 때문이다.

그 예로 원전을 보자. 서울의 안전을 위해 울산 울주군과 경주 월성에 핵발전소를 설치하고 사고위험은 없다는 변명을 둘러대는 핵 개발론보다 '핵 에너지보다 안전하고 더 싼 재생가능에너지도 있다'라는 팩트(Fact)와 모두의 안전을 위하겠다는 공공성으로 국민을 설득해야 할 것이다. 일자리가 사라질까 위기의식을 느끼는 이들의 불안한 마음을 달래려면 모순을 숨기기보다 드러내는 편이 낫다. 핵보다 더 안전하고 싸면서, 투자가치가 있는 '재생가능한 에너지 확대사업'으로 우리 사회가 진보하기를 바라는 마음이다.

광주에서
유토피아

3장

지방의 현실과 이상 사이

'폼이냐, 필요냐?'
이것이 지방자치법과 교육자치권의
책임과 권한에 대한 나의 고민이다.

교육 예산과 학교 밖 문제

—

지방교육자치에 관한 법에 따라 교육자치권은 독립된 권한이다. 그 집행 권한은 교육감에게, 의결권한은 경기도의회 교육위원회에게 있다. 권리라 고는 하지만 의무와 책임이 더 큰 역설적인 실상을 살펴보고자 한다. 정부 는 국민으로부터 교육세를 거둬서 쓰고, 교육 관련 책임이 없는 광주시는 '교육비 지원'이라는 명목으로 80억을 지원해(곧 100억 규모가 될 듯하다) 학교 내 시설을 보완하거나 무상급식비(40억 원 규모)로 쓰고 있다.

가난한 지방에 과중한 교육비는 부담이지만 내 아이들을 가르치는 교육 이니 반대하는 건 아니다. 다만 권한은 따로 없고 의무만 지는 교육경비지 원이라면 학교 안이 아닌 학교 밖을 더 신경 써야 하는 건 아닐까 되묻게 된다. 지방정부의 책임 소재만 따져본다면 틀리지 않은 논리 같다.

나는 광주의 길바닥을 보고 다니는 사람이라서 학교 밖에도 관심이 많 다. 대체로 학교 밖은 예산을 잘 투자하지 않는 곳이다. 학교 안에 투자하 느라 더 이상 들일 여윳돈이 없다는 이유로 그럴 것이다. 학교를 다니지 않는 (탈학교) 청소년, 지역주민의 평생교육, 학교 밖 유해환경 방지, 등하굣길과 인도의 안전 등 산적한 문제는 많지만 학교 안만 지원하느라 학교 밖은 '행정의 효율'이란 이유로 우선순위에서 밀려나버린다.

무 자르듯 네 일이다, 내 일이다 나누기는 어렵지만 그래도 책임을 한 번 따져보자. 학교 담장 안에서 아이들을 가르치고 그들의 안전을 책임지는 건 교육세를 받는 국가의 책임이 아닐까? 학교 담장 바깥쪽에는 지방 재정으로 투자해 아이들에게 안전한 환경과 재교육(평생교육) 프로그램을 만들어줘야 한다는 생각은 논리적으로 어긋나지 않는다고 본다.

물론 학교에 20억짜리 실내체육관 지어주고, 운동장에 파릇한 인조 잔디 깔아주면 폼은 나겠다. 생색도 내고 길이길이 업적으로 남을 일에 대한 욕심이야 시의원으로서 왜 없겠는가만은, 인도도 좁고 유해업소만 늘어나는 불안한 등하굣길에 서서 진짜 맡아야 할 (법률적) 책임과 책무를 다시금 고민하게 된다.

나는 무상급식에 동의하는 사람 중에 하나다. 여기에도 지방재정이 들어가니, 어차피 돈을 들인다면 학교 밖 청소년과 방학 때의 급식 문제도 해결할 수 있는 구조를 갖춰야 한다고 본다. 우리의 관심사는 학교 안팎을 살피는 일이어야 한다. 중앙의 예산을 더 만들어서 교육청이 아이들 급식에 책임을 지고, 지방의 예산은 학교 바깥과 졸업 후의 청소년들에게 쓰이면 맞지 않겠나 싶다.

한마디로 학교 안은 교육장이 책임지고 학교 밖은 시장이 책임지면 합리적일 것이다. 권한 없이 의무만 줄 것인가? 의무는 피하고 권한만 행사할 것인가? 이 문제를 간과하지 말았으면 좋겠다. 예산을 쓸 때는 본인이 소속되어 책임지는 곳에 쓰는 게 맞다. 학교 밖에서도 건강한 사회구성원으로 성장하고 생활하기 위한 지역프로그램 등의 강화에도 예산은 공평하고 지혜롭게 쓰여야 한다.

　광역도 아닌 기초자치단체장에 불과한 광주시장은 대통령이 아니다. 시장에게는 소방권, 경찰권, 교육권은 없고 지방행정의 관리에 대한 책임이 있다. 폼 나는 일을 모르는 건 아니지만 당장 얼마의 돈을 나눠주거나 뭘 지어대는 데 돈을 쓴다는 건 지방자치를 포기하는 일이다. 이를 견제하고 가이드해줄 법제도 바뀌어야 한다고 본다. 광주시장이 우선 투자해야 할 곳은 행정자치권 안에 있는 대상이라고 명확히 해줘야 책임과 권한이 분명해진다.

　'폼이냐, 필요냐?'

　이것이 지방자치법과 교육자치권의 책임과 권한에 대한 나의 고민이다.

②

무상급식의 어려움: 예산과 권한의 모호함

—

교육감은 교육재정과 정책운영을 담당하고, 경기도의회는 교육감을 견제·감시하며, 경기도청은 행정을 맡는다. 무상급식의 정책 결정자는 교육감, 예산 편성권자는 경기도지사인 반면 광주시와 시의회 같은 기초자치단체는 입안권이 아예 없다.

2010년도 경기도 지방선거 때 무상급식을 반대하는 선별적 급식 찬성자는 도지사가 되고, 무상급식 찬성자는 교육감이 됐다. 이때는 무상급식 50%의 예산만 편성하고 나머지 50%는 기초자치단체장이 분담해서 급식비를 냈다. 반반씩 냈으니 얼핏 공평해 보일지 모르나, 이렇게 임의로 예산을 진행하는 데에는 법을 위반하는 소지가 있다. 바르게 간다면 먼저 정책과 지원 범위를 명확히 했어야 했다.

사실 말로는 무상급식이라고 하지만 상당히 차별적으로 시행되고 있는 실정이다. 2011년 당시 퇴촌, 오포 같은 농촌지역의 초등학생은 무상급식이 가능했고, 도심지역(동 지역, 송정동 등)은 무상급식이 불가능했다. 경기도에서 돈을 안 주기 때문이었다. 그래서 광주시가 교육지원경비로 동지역

초등학교에 급식비 지원을 하게 됐다. 확대해서 말하자면 농촌지역에서 급식 예산을 편성해 도시지역에다 주는 꼴이 된다. 무상급식 이슈는 거의 10년 차가 되어 가지만 아직도 전국적인 시행은 이뤄지지 않고 있다. 부유한 지자체든, 가난한 지자체든 극복해야 할 문제 중에 하나다.

교육 예산 실행의 대안이라면 이게 맞을 것 같다. 학교 안의 학생은 교장과 교육장의 책임하에 있다. 초등학생도 광주시민이니 학교 바깥 역할에 광주시의 예산이 투여돼야 한다고 본다. 학교 안에만 2017년 기준 81억 원을 투자하고, 방과 후 학교 운영이나 학교 밖 인도 설치, 유해시설 방지, 학교를 다니지 않는 청소년들을 위한 프로그램 운영에는 예산이 전무하다면 불공평한 게 아닌가.

물론 학교 밖 인도와 일반 인도의 구분이 어려운 건 사실이다. 학교 시설 개량에는 자치예산의 5% 정도를 쓸 수 있지만 학교 밖 사회기반시설에 대해서는 민원의 요구가 적다. 농촌이나 광주 같은 도농복합도시에서 학교 주변은 개발 이익이 크지 않기 때문에, 도로 확장 같은 민원도 별로 없다. (간혹 학부모들의 요구는 있지만 일반 시민들의 요구는 주택밀집지역의 도로 확보가 더 우선이다.)

지속적인 요구가 없으니 안전을 위한 기반시설도 떨어지고 투자도 하지 않는다. 혹시 이런 문제를 일종의 포퓰리즘(Populism)에 활용하거나 의원 활동에 면죄부를 얻고자 하는 편법으로 해결하지는 않을까 슬며시 걱정이 될 때도 있다.

우리나라는 중학교까지 의무교육, 즉 무상교육 정책을 채택하고 있다. 그런데 왜 무상교육은 되고 무상급식은 안 된다는 것인가? 교육은 모든 이에게 평등해야 하며 이것이 바로 공교육의 근본정신이다.

우리 사회가 교육열이라는 긍정적인 기능에도 불구하고 사교육을 근절하려는 이유는 바로 균등한 교육 기회가 깨지고 사회적 불평등의 시발점이 되기 때문이다.

밥은 하늘입니다.
하늘은 혼자 못 가지듯이
밥은 서로서로 나눠먹는 것입니다.

농활 때 불렀던 식사 전 노래가 문득 떠오른다. 비단 밥만 나눠먹는 것이랴? 하늘을 혼자 독점할 수 없듯이 밥도 혼자 차지하지 말고 나눠야 한다. 부유하든, 가난하든 모든 이에게 밥은 나누고 함께 먹는 공동의 자산이어야 한다.

강조하고 싶은 건 보편적 무상급식이 단지 먹거리 문제가 아니라 민주주의 사회를 지향하는 공공의 가치를 실현하기 위한 교육의 시작이라는 점이다. 무상급식을 예산 편성과 돈의 논리로 바라보는 데서 벗어나 보편적 가치를 가르치는 교육으로 인정하고, 그 책임과 권한에 대한 구분을 명확히 해야 한다는 생각이다.

PS. 양질의 지역농산물을 대량 구매해 로컬푸드산업을 활성화하고 아이들에게 공급하려던 급식센터는 건립하지 못했다. 교육청의 권한이라는 이유도 있지만, 학교 사이가 가까운 하남에서는 가능하나 광주처럼 학교 사이가 먼 지역에서는 공급조달이 느리고 어렵기 때문이다. 시기적으로 급식 집중화는 비효율적이니 지역아동센터나 집단급식 단체가 자발적으로 운영되도록 점검하고 지원하는 게 더 낫겠다는 판단이었다.

아울러 방학 때의 급식 지원, 여학생 생리대 지원, 교복 지원 방식에서는 수혜자나 사배자(사회적 배려 대상자)의 입장에서 자존감을 다치지 않고 지원받을 수 있도록, 공개적으로 개인의 경제상황이 드러나지 않도록 정책 입안과 실행에 여러 수 앞을 따져보는 신중함도 기해야 할 것이다. 선의의 시작이 부작용의 결과를 낳지 않도록.

3

지방자치의 영역과 의미를 조정한다면

—

　지방의회는 시민의 삶의 현장을 직접 지원하고 시민의 눈으로 현장 행정을 감시하는 역할을 한다. 나는 지역활동가로서 삶의 현장을 찾아가 그곳의 문제를 해결하고 대안을 제시하는 책무를 다하고자 노력하고 있는데, 때때로 이런 의문이 떠오른다.

　'지방자치의 영역과 의미는 어디에 있을까? 지방정부가 지역민들에게 얼마나 득이 될 수 있을까?'

　1990년대 김영삼 대통령을 상대로 당시 김대중 총재가 단식투쟁으로 얻어낸 것이 지방자치제 실시였다. 그런데 막상 지방에는 중앙처럼 삼권분립이 존재하지 않는다. 행정, 입법, 사법이 아닌 행정부와 의회만 있다.

　국회는 국회법에 따라 운영되고, 지방의회는 지방자치법에 따라 운영된다. 지방자치법은 국가가 지방을 지배하는 데 효율성을 높이고자 제정한 법인데, 자치권은 작고 조례제정권도 한정적이다. 지방에 정책을 위임하지도 않고 자체의 힘도 모자라니 그 의미가 왜소하고 초라해 보인다. 지방의 특색이나 잠재력을 살리는 데도 한계가 있다.

현재의 법으로는 지방자치의 특수성이 발현되지 못한다. 다행히 문재인 대통령이 지방자치를 강화해서 연방제 수준의 지방자치권이 가능하도록 노력하겠다는 반가운 소식을 전했지만, 현실은 아직 제자리걸음 수준이다.

조세 수입으로 예산이 확보된다 해도 국가가 8, 지방이 2의 예산을 쓰는데, 국세에 비해 부족한 지방세를 가지고는 지역주민의 복리후생 개선이나 자체 사업 추진에 어려움이 많다. 가려운 곳을 일일이 시원하게 긁어줄 수도 없다. (광주시는 주민 1인당 총자산은 줄고 1인당 총부채는 늘고 있는 실정이라서 재정건전성 확보 또한 시급하다.)

지방자치의 목적은 지역의 특색에 맞게, 지역에서 태어나 주민이 스스로 교육받고 경제활동을 하며 가정을 꾸려나가도록 주민의 평생을 지원해줄 자치 시스템일 것이다. 법적인 권한은 너무나 제한적이고 대안 제시조차 간혹 불가능한 지금이지만, 그럼에도 불구하고 지방자치 행정은 좀 더 유연하고 지혜로운 운영을 할 수 있어야 한다. 지방자치 행정의 미래는 시민 간 공론과 공유와 교류의 장을 넓히고 운영의 묘를 살릴 해법에 달려 있다.

독일과 일본 같이 지방자치제도가 잘 되어 있는 외국에서 배울 점들을 견학하고 와서 국내에 바로 적용하기에는 제한이 많지만, 할 수 있는 것부터 해보려고 앉은뱅이 용쓰듯 하고 있다.

'지방에도 대의기구를 활성화하면 어떨까? 정책 모니터링도 담당하고 문제도 해결하는 시민참여기구가 작동하면 좋겠다!'

과거 동사무소로 불렸던 주민자치센터에는 주민자치위원회와 청소년자치위원회가 있다. 청소년들이 센터나 동사무소를 청소하면 청소는 사회봉사점수로 인정받는다. 그러나 청소년자치위원으로 회의나 토론을 하면 교육청의 사회봉사점수뿐만 아니라 방과 후 프로그램으로도 인정받지 못한다. 교육프로그램으로 인정받지 못하니 청소년주민자치위원들이 센터에 모여 신문을 만들거나 토론 활동을 해도 결과적으로는 특별활동을 하지 않는 학생이 되는 상황이다.

경기도의회에는 21명의 교육위원이 있지만 교육위원들에 의한 교육현장(초·중·고등학교)에 대한 감사와 관리는 한정적이다. 경기도 초등학교가 얼마나 많은가? 일일이 통제할 수도 없고 완전한 통제는 불가능하니 다 따로 놀 수밖에 없다.

아이러니하게도 보건, 농업, 행정에는 지방의회 대의기구가 있어서 견제와 감시가 이뤄지고 있지만 소방, 교육, 경찰에는 이런 것들이 없다. 앞으로는 지방에도 예산권과 자치권을 더 많이 줘야 건강하고 정상적인 지방 거버넌스(Governance, 관리, 통치) 시스템을 만들 수 있을 것이다.

그러려면 지방자치의 기능과 역할을 재조정해 업무 협조와 연결성을 높여야 한다. 건널목, 신호등, 점멸등, 과속방지턱의 허가는 경찰서 소관, 도로 개설은 광주시 소관인데 교통 관련 민원은 주로 광주시로 들어온다. 예산은 지방 정부에서 지원하나 신호등 같은 시설결정은 경찰서에서 하다 보니 실제 지역주민의 의사를 반영하는 데는 한계가 있다.

특히 경찰과 교육공무원 등은 선출 공무원이 아니니 시의원 같은 선출

직보다는 반응 속도가 느릴 수밖에 없고 일일이 감시를 받지도 않는다. 경기도 의원들도 교육 현장을 일일이 살필 수가 없고 국회의원이 지방경찰서를 일일이 살펴볼 수도 없다. 이는 국가의 예산을 올리거나 우선순위에 따라 선택하고 풀어야 할 문제다.

광주시는 출퇴근 관련 민원이 들어오면 학교에는 등하교 시간을 조정해 달라는 공문을, 경찰서에는 교통정리 협조 공문을 보내는 행정처리를 하는 게 고작이다. 혹 경찰서에서 신호주기를 바꿔주면 감사하겠지만 교통사고 유발 가능성이 있어 불가하다는 입장이라면 그냥 불가한 것으로 끝난다. 관련 자료를 요구하거나 재검토하려고 하면 번거로워진다.

PS. 서울의 성미산 마을공동체를 포함해 지방 곳곳에서 에너지자립마을, 공동교육마을, 문화마을 등 마을공동체사업을 많이 추진하고 있다. 공동육아 등 공동체 사례들이 늘어나는 건 좋지만 아직 먹고사는 경제적 부가가치 창출까지는 다다르지 못했다. 자체적으로 먹고살 역량을 기르는 일, 그 일을 못하면 지방자치의 의미는 여전히 미미할 거라는 위기감을 느끼고 있다.

4

지역축제가 삶으로 연장된다면

—

광주에는 해마다 3가지 축제가 열리고 있다. 4월 말부터 5월 중순까지 열리는 도자기엑스포, 6월 중순에 열리는 퇴촌토마토축제, 10월에 열리는 남한산성문화제가 그것이다.

첫 번째로 토마토축제부터 이야기해보자. 2017년 토마토 축제에 30만 명이 다녀갔다고, 올해도 토마토 많이 팔았다고 자축하고 끝나는 것보다는 더 길게 갈 방법, 반짝 수익이 아닌 일상적인 수익을 올리는 사업으로 만들 방법을 고민해봤다.

축제 때 토마토 레시피 대회가 열리고 우수한 레시피에 상을 주는데, 시와 시민들이 함께 이 레시피를 살려 식당을 운영해보면 어떨까? 패션계에서 운영하는 안테나숍(파일럿숍)이나 본점급 플래그숍처럼 토마토 요리 전문식당을 운영해 소비자의 호응도 얻고 지역 농산물도 꾸준히 나누면 공동의 이익도 더 증가할 것이다.

전북 완주의 농가레스토랑 겸 농촌웨딩 예식장인 비비정은 할머니 손맛을 살린 조미료 없는 건강식으로 유명하다. 매스컴 홍보와 손님들의 재방문이 이어지는 이곳은 지역산업과 노인 일자리 창출 두 마리 토끼를 다 잡은 민관 협업의 성공사례다. 광주에서도 향토자원 활용의 좋은 예로 활용해볼 필요가 있다.

퇴촌 토마토와 곤지암 가지는 아직까지 가격과 품질 면에서 경쟁력이 있지만 기후변화가 심해진다면 앞으로도 경쟁력이 있을지 의문이다. 혹 생산량이나 품질이 떨어졌을 때를 대비할 다른 대체작물도 준비해야 한다.

좋은 하나로 융합·활용되는 원 소스 멀티 유즈(One Source Multi Use) 시대이니 단일 품목에 안주하지 말고 음식이나 간식, 약품, 외식, 관광산업으로 증폭되도록 노력을 경주했으면 하는 마음이다.

해외 직구 등 인터넷 쇼핑몰이나 SNS 구매도 활발해진 시대라 그 지역에 가야만 살 수 있는 특산품이 따로 없어졌다. 더 오래가고 멀리 가는 농산물이 되도록 상품에 아이디어와 기술, 서비스를 얹어 부가가치를 높이는 6차 산업으로 나아가야 할 것이다.

좁은 땅에서 5천만이 먹고 살아야 하니 국가의 농업정책은 대농 중심의 대량생산과 기업화로 갈 수밖에 없겠지만, 광주는 아직까지도 가내수공업 수준의 농가가 많다. 충북 영동의 와이너리처럼 농산물과 체험과 숙박이 같이 가는 관광상품, 작더라도 새로운 방식의 대안이 광주에도 있어야 한다. 농산물 축제에서 더 큰 문화산업으로 진화해야 할 필요와 가능성을 느낀다.

둘째, 남한산성문화제는 그 역사의 가치와 네임 밸류를 이어나갈 만한 문화 콘텐츠로 확장되어야 한다. 백제의 시조 온조왕의 성터이기도 했던 남한산성은 1,000년이 넘는 세월을 지나 2014년 유네스코 세계문화유산에 등재되었다. 조선시대 병자호란 시절을 다룬 소설과 뮤지컬, 영화로도 많이 유명해졌지만 인조의 행궁과 함께 12㎞나 되는 산성이 품은 이야기는 여전히 무궁무진하다.

인조 때 남한산성 축성에 동원된 승군(僧軍)의 숙식과 훈련을 담당한 사찰 장경사의 이야기는 어떤가? 지금도 의승군문화제를 열어 선조들의 호국정신을 기리고 있지만, 수많은 희생과 눈물에서 얻을 교훈과 감동을 연극으로도 풀어봤으면 하는 바람이다. 3일 만에 3억을 쓰는 1회용 문화제 대신 남한산성 청년연극제로 업그레이드한다면 어떨까? 500만 원으로 겨우 살림하는 10개 연극 팀에 예산을 더 지원해주고 10월 한 달 주말마다 공연하는 연극제를 10년 동안 계속할 수 있다면 고품질 콘텐츠와 인지도를 확보할 수 있다.

우수한 작품은 광주시 문화프로그램과 협업해 지역 대표상품으로 장기 공연하면 되고 합창과 팬터마임, 3D 아트도 접목하면 장르를 아우를 수 있을 것이다. 잡다하게 나열하는 프로그램이 아닌 집중적인 콘텐츠로 문화제의 품격을 높여야 할 때라고 본다. 7월 한 달간 온 도시가 연극마당으로 변하는 프랑스의 아비뇽의 예도 있고 8월에 열리는 영국 에든버러 국제페스티벌도 성공한 문화제들이 아닌가.

더 다각적으로 접근하고 투자하지 않으면 B급 가수와 연예기획사만 좋은 축제, 그 나물에 그 밥 같은 똑같은 소비와 낭비만 이어질 수 있다. 좋은 소스에 제대로 투자하면 광주의 주제가 되고 신산업의 기회가 될 문화

산업은 많다. 결국 우리의 상상력과 홍보력에 달렸다고 본다. 광주의 문화와 가치로 대표되는 남한산성문화제로 발전할 수 있도록 콘텐츠를 찾고 강화해야 할 것이다.

국제가수 싸이는 '지치면 지고 미치면 이긴다'라고 했다. 우리의 콘텐츠 축제가 지치거나 바래지 않고 일상과 문화를 풍요롭게 하는, 계속 확장되고 날로 기대되는 유기체였으면 한다.

마지막으로 엑스포는 말 그대로 신기술 전시회다. 파리의 에펠탑도 엑스포에서 출발했다. 프랑스혁명 100주년(1889)을 기념해 철의 산업시대가 도래했음을 상징적으로 알린 이 검은 철탑이 파리 만국박람회장에 세워졌다.

에펠탑을 올려다보고 돌아와 광주의 도자기엑스포에 참석해보니 못내 초라한 느낌이 든다. 명품 브랜드 광주요를 비롯해 조선 백자의 명맥을 이어온 가마터(분원)와 도자기술을 뽐내는 전시회라기보다는 도자기 할인 판매장으로 하락해 엑스포라는 이름이 무색할 정도였다. 장인의 예술정신과 수공 작업으로 빚어낸 명품 자기, 신예 작가들의 작품들을 살펴보고 체험하는 곳이라기보다 판매수익에만 급급한 엑스포라면 그 의미와 정체성을 재확립하고 재조정해야 한다.

만약 IT·IOT 관련 기술박람회라면 어땠을까? 각국의 첨단기술과 신제품을 발표하고 산업 동향을 살피는 치열한 전장 분위기였을 것이다. 그렇다면 도자기엑스포에서도 신기술로 만든 혁신적인 도자기를 선보이거나 기술이전 같은 비즈니스 활동, 나아가 비전을 공유하는 움직임 등이 있어야 하지 않을까?

세라믹 칼이나 세라믹 면도날 같은 새로운 아이템과 진보된 기술로 사람들을 놀라게 하고, 흙의 물성을 최대화하여 과감한 시도와 융합적 실험들이 풍성해야 그 이름을 높이고 조용한 일상을 바꿀 수 있을 것이다.

초대 가수들만 즐거운 시끄러운 공연과 먹거리 장터만 즐비한 똑같은 축제 말고, 들인 돈이 아깝지 않은 축제로 평가받으려면 어떻게 해야 할까? 지방행사는 지루하고 볼 것 없다는 편견을 깨뜨리지 못한다면, 차라리 복지에 쓰거나 나눠주면 더 빛이 날 돈이었다고 푸념만 늘게 될지도 모른다. 기왕 하는 축제라면 멀리 소문날 잔치를 차리고 일상생활과 마을의 이미지에도 도움과 자부심이 되었으면 좋겠다. 본전 생각나지 않도록.

5

물안개공원의 희비극

—

광주시 남종면 귀여리에 있는 팔당물안개공원은 팔당호의 바람을 쐬며 자전거를 타기 좋은 곳이다. 이름만큼이나 아름다운 수면 위는 그러한데 수면 아래의 목적은 다르다. 이곳은 원래 4대강 사업의 하나로, 농사를 못 짓게 하려고 만든 공원이다. 천만 서울시민의 물을 공급하고자 지역 농민

들의 농지를 빼앗고, 레저를 위한 수변공원에 주민의 생계수단과 수입원은 사라진 것이다. 좀 더 세밀한 행정 수행을 하려면 그들의 생계도 진지하게 고민했어야 했다. 행정을 잘하려면 목표를 향해 큰 그림을 그릴 줄 알아야 하고 사소한 디테일도 놓치지 말아야 한다.

1973년도에 완공된 팔당댐도 그렇다. 군사정권 시절이었으니 수몰에 대한 토지보상은 너무나 적었다. 아니 거의 강제 수용이 됐다. 비수몰지구의 농사는 아주 미미했으니, 졸지에 환경난민이 된 주민들은 노골적으로 말하면 2번 수탈을 당한 셈이다. 댐 만든다고 토지를 빼앗기고 유휴지의 농지마저 공원 짓느라 2012년도에 빼앗긴 것이다. 양평의 두물머리(양수리)도 4대강 사업이라는 미명 아래 땅을 빼앗긴 경우다.

상수원보호와 관련해 삶터를 빼앗긴 사람들이 많다. 광주시 남종면의 분원은 조선시대 가마터가 있던 곳으로 한강을 건너가기에 좋은 요지였고

채소농사로 부유한 마을이었다. 박정희 정권 때 이곳을 그린벨트로 묶고 팔당댐을 지었으니 '하늘 향해 팔 벌리고 생매장된 나무들(최영미 시인의 '임하 댐 수몰지구에서' 중)' 외에도 얼마나 많은 생명과 생계가 몰살되었을까.

과거 광주의 행정구역이었던 천호동이 서울로 편입되면서 땅값이 거의 만 배로 뛴 적이 있었다. 경계선을 하나 건너서 옆집은 부자가 되고 경계선 안에 있는 우리 집은 개발 제한에 묶여 꼼짝 못하니 그 상대적 박탈감은 이루 말할 수가 없었다.

다 같이 못사는 데에는 동의할 수 있어도 상수원보호지역이라는 이유로 개발 제한에 묶이고 별다른 지원금도 없다는 점에는 반기를 들 것이다. 물분담금이라고 1992년부터 1년에 가구당 200만~500만 원 나오는 보상이 고작인데, 그에 비해 옆집이 받은 경제적 혜택은 계산할 바가 아니다.

이런 심각한 박탈감은 토박이들의 텃세로 굳어지면서 지역사회는 더욱 경직되고 보수화된다. 이는 공동체의식 형성에도 걸림돌이 된다. 그 해법이라면 현재는 힘들지만 미래는 더 큰 부가가치를 창출할 수 있을 거라고 비전을 공유하는 데 있다. 사회가치도 토지개발에서 환경보호로 가고 있으니 마침 다행이다.

지속가능성, 인간과 환경의 조화, 환경기술의 가치가 형성되는 과정 중이니 장기적 프로그램을 만들어야 하는 것이 지자체의 새로운 과제가 되고 있다. 태양에너지, 그린에너지 등 환경기술이 발달했으니 지역의 환경자원을 십분 활용해 부가가치를 끌어내는 지자체가 될 수 있다고 본다.

종종 이슈가 되고 있는 탄소배출권 거래제나 온실가스배출권 거래제도도 좋은 시장이 될 수 있다고 본다. 기술혁신으로 탄소배출량을 줄이거나 녹지공간의 효용을 포함해준다면 공장이 없는 광주의 맑은 공기를 외지에 팔아서 돈을 버는 미래도 가능할 것이다. 이는 다소 장기사업이 되거나 오래 걸릴 수도 있겠지만, 기후온난화 심화와 이산화탄소 배출규제 문제가 쟁점이 되는 현재 시점에서는 준비해볼 만한 사업이라고 기대한다.

광주에서
유토피아

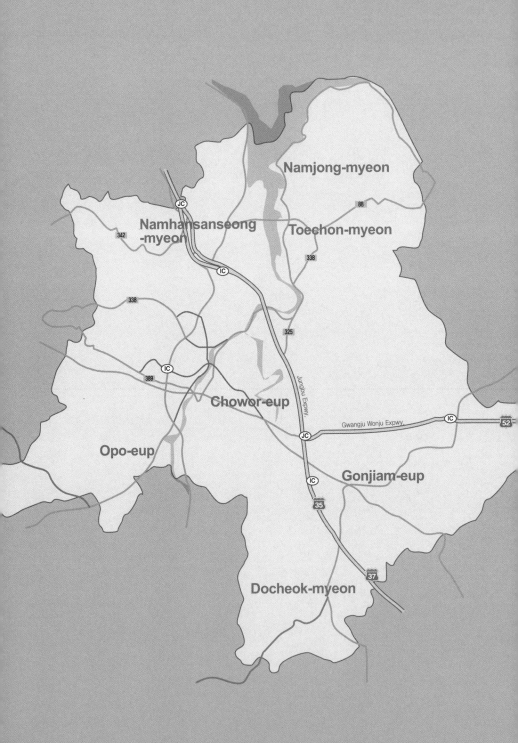

4장

함께 사는 광주와 지방정부를 꿈꾸며

지속가능성과 미래지향성,

즉 '빠른 것보다는 함께 천천히 발전하기'를 택한

환경자족도시 독일 프라이부르크를

광주시민들도 경험해봤으면 하는 마음이다.

1

에어바운스와 밀당 한판: 져주는 게 이기는 수

—

"성남에는 물놀이 시설이 있으니
광주에도 하나 만들어서 여름방학 때
아이들의 수영장으로 쓰면 어떻겠습니까?"

광주시청 앞 광장에 20명이 들어가 놀 수 있는 30평짜리 에어바운스(고무풀)를 설치하자는 제안이었다. 4천여만 원을 들여 30일간 운영하겠다는 추가경정예산안의 한 사업이었다.

아이들의 물놀이 시설을 반대하는 건 아니지만 안전한 물놀이 시설을 만드는 게 지자체의 책임이라고 생각한다. 유아들의 안전성과 보건 측면을 살피지 않은 일회용 임시사업으로 마칠 바에는 탈의실과 샤워실 같은 제반시설을 제대로 갖춘 수영장을 만들어주는 게 맞다.

'여름철 한시적 물놀이 사업에 소방차로 매일 급수하고, 염소나 약품 뿌려 소독하면서, 하루 8시간 동안? 온종일 물이 데워지면 화학반응이 일어

날 텐데 유아들의 안전과 수질 안전은 생각해봤나? 공공의 가치로 봤을 때 이게 꼭 필요한 걸까?'

광주에는 인공 워터파크 대신 경안천 등 자연 개천이 많다. 내 조카들과 아이들이 여름내 놀아서 새까맣게 타는 곳이지만 안전사고 한 번 없었다.

'여름내 인공 풀의 온갖 약품 마사지를 해가면서 꼭 헤엄을 쳐야 될까?'

그건 마치 '내 집 앞에 꼭 주차장과 버스정류장이 있어야 되나?' 하는 물음과 맥락이 닿았다. 작은 예산을 들이면 된다고 해서 이 모든 요구를 다 들어줘야 할까? 욕심을 부리지 않는다는 건 있으면 좋지만 없어도 괜찮다는 걸 아는 것이다. 허욕이나 과욕이 없으면 거칠 것도 불편도 줄일 수 있다.

몇몇 진보단체에서는 '당신은 돌아다니느라 아이도 안 키워봤다'면서 내게 맹공격을 퍼부었다. 예산 통과를 멈추고 그들을 설득하느라 시간을 끌다가 논쟁의 효율성이 없다는 걸 알고 손을 들어주게 됐다.

'그래, 관점과 선택의 문제라면 져주는 것도 방법이다. 져주는 게 이기는 수가 될 수도 있구나.'

물론 옳고 그름을 따지는 일도 중요하다. 나름 '한 고집' 하는 나지만, 다수의 방향을 바라봐주고 설득하거나 설득당하는 것 또한 정치의 묘미라고 본다. 밀고 당기는 연애처럼 가능성의 예술 정치에도 강약과 완급이 필요하다는 걸 다시금 배웠다.

사실 나는 미래가 두렵다. 걱정을 미리 하고 의문이 많은 인간이다. 그래서 광주와 세상을 바라보면 이런 생각이 든다.

'미친 속도사회에서 광주만큼은 실패해도 재기 가능한 지역이 됐으면 좋겠다. 그러려면 지금보다는 속도가 좀 늦춰져야 된다. 조금은 정적이면서 천천히 가는, 순환 구조로 가야지, 재기와 재교육이 불가능한 광속사회로 가면 어느 누가 살아남겠나? 실패할까 두려워 안전한 길만 가면 누가 새 길을 개척하는 일탈과 이탈을 저지르겠나?'

약간의 비약을 해보겠다. 만약 할 줄 아는 거라곤 운전뿐인 사람이 자율주행과 인공지능으로 돌아가는 최첨단 도시에 떨어졌다면 그는 뭘로 어떻게 먹고살아야 하나? 알아서들 대처하겠지만 과식하면 탈나듯이 과속도 사고 위험이 크다고 본다.

노트북만 해도 그렇다. 딸아이가 어느새 대학을 가서 딸의 노트북을 내가 고쳐 쓰고, 아이에게는 맥북 에어를 하나 장만해줬다. 좋아 보이는 맥북 에어를 한 번 열어봤더니 나는 복잡해서 못 쓸 정도였다. 구관이 명관이라고 최첨단이 꼭 나와 맞는 건 아닌 것 같다.

마찬가지로 광주는 서초나 송파, 부산, 포항 같은 선진 대도시가 아니다. 탄소를 유지해줄 녹지를 가진 소도시로서, 자연환경 보호와 보존에 대한 의무도 지고 있는 땅이다. 여기서는 무조건 앞서가겠다거나 서울을 흉내내보겠다는 과욕은 좀 내려놓아야 살림이 편하다.

나는 옷을 수선해서 입는 편이다. 스웨터의 팔을 잘라서 조끼로 만들어 입고 다니니 편하다. 바꿔 입고 꿰매 입고 바꿔 쓰는 일, 아껴 쓰고 나눠 쓰고 받아 쓰는 아나바다 운동이 검소하게 살아가는 선진국들처럼 우리의 일상에서도 자연스럽게 이어졌으면 하는 바람이다.

재활용과 재순환이 활성화되면 에너지 소비도 줄고 재생가능한 에너지 (신재생에너지)도 강화시킬 수 있다. 원전 하나 줄이기가 가로등 한 등 끄기 대신 재생에너지를 활용하자는 생각으로 옮겨 갔으면 한다. 한정된 재화를 재순환하면서 우리 모두 오래오래 잘살자는 마음이 모아진다면 가능한 일이다.

내 좌우명은 폼생폼사다. 누구보다 멋지고 폼 나는 것 좋아한다. 남들 안 하는 일을 골라 다르게 하면 주목받는 걸 알지만, 이왕이면 실질적인 변화와 더불어 발전을 가져오는 본질적인 방법이기를 바란다.

1조 예산을 추경했는데도 가용예산은 500억이라면? 대체로 살림살이가 이렇지 않은가? 그렇다면 다수의 이익이 되면서도 다른 정책의 기본이 되는 걸 우선 선택해야 한다. 따라서 선심성 공약이나 나눠주기로 쉽게 쉽게 갈 수는 없다. 욕을 먹거나 느려 보인다고 해도 폼과 욕심을 덜어내고 본질을 향해 한 걸음씩 나아가겠다는 용기를 발휘해야 한다.

시민들은 시의회와 시 행정에 대해 비판할 수 있고 상황에 따라 비난할 수도 있다. 그 비판과 비난의 끝은 토론과 대안으로 끝나기를 희망한다. 앞으로도 시의회와 시 행정에 대한 시민들의 적극적인 관심과 질타라면 쌍수를 들고 환영한다.

PS. 인공지능과 빅데이터를 활용해 자동답변 프로그램을 만들면 좋겠다는 생각도 가끔 해본다. 주택가 공공화장실 설치 문제로 본인의 입장만 주장하느라 양보와 이해가 없을 때, 성남행 버스개편 문제로 장장 3시간에 걸친 전화 통화로도 소득이 없을 때가 그랬다. 한 걸음도 진전이 없는 상황이나 대화 불통 시에는 자동 ARS처럼 답을 척척 말해주는 프로그램을 나 대신 돌려보고 싶다.

2

정책 입안의 근거는 독서와 등산

—

일 잘하는 시의원이라고 칭찬받는 일은 어쩌면 쉬울 수 있다. 폼 나는 조례를 발의하고 예산 끌어와 투자하고 공무원을 괴롭히면 공로상도 받고 평판도 얻는다. 시민들로부터 권한을 위임받은 공복으로서 추진력 있게 밀어붙이는 면모도 필요하겠지만 한편으로는 워워 브레이크를 걸어보게 된다.

'이거 혹시 내 욕심을 부리는 건 아닐까? 사심이라고 해도 욕심 안 내는 티를 좀 내야지! 이걸 하려고 시의원 하는 거지, 시의원 하려고 이걸 하는 건 아니잖아. 공적도 있어야겠지만 되도록 공동체를 살리는 데 힘쓰는 시의원이 돼야지.'

사실 모든 정책 입안자는 선의를 바탕으로 정책을 세운다. 이명박 정부의 실패한 4대강 사업조차도 포장은 선의였다. 누구든 정책을 선의로 입안하지만 '어떤 정책이 더 다수와 공공후생복지를 위한 것인가? 과연 계속해서 공동체를 살리고 공동의 가치에 부합할 만큼 지속가능한가? 그렇다면 다른 정책과도 함께 갈 수 있는가' 묻는다면 그 판단은 못내 애매해진다.

정답 또는 최선의 답을 내보려고 다들 노력하겠지만 입안자의 활동 오류나 선택의 단점은 종종 드러난다.

정치의 감과 상상력이 떨어지지 않도록 여러 분야의 책을 읽고 공부하려고 한다. 터벅터벅 오르다 보면 머릿속이 시원해지는 등산 또한 우연한 아이디어를 내어준다. 잘 익은 단풍에 둘러싸인 남한산성은 가을마다 꼭 추천하는 곳이다. 등산과 자전거 타기는 주말에 짬이 날 때마다, 독서는 1달에 1권은 어렵더라도 2달에 1권 읽기를 목표로 하고 있다. 선진국의 도시행정이나 마을공동체 사례, 경제경영서, 환경, 복지뿐만 아니라 소설과 에세이까지 타인의 생각과 감정을 참고해 내 생각을 통제하거나 판단의 근거로 삼는다.

특히 하나의 현실(이슈)을 해석하는 두 개의 시선을 보여주고, 그 대립의 원인과 미래를 추적한 『좌우파사전』도 종종 열어보는 교과서 중에 하나다. 좌파와 우파의 문제의식을 수용해 상식파와 실속파로 현실을 도모해 보자는 게 내 희망사항이다.

그런 밑거름들이 쌓여서 현안들을 이리저리 따져보느라 머리가 아플 때 번쩍 하고 순간적인 힌트가 되어줄 때가 많다. 감수성이 둔해지고 시야가 좁아지려고 할 때 책밭(독서력)만큼 잘 듣는 약발이 없다는 걸 자주 느낀다.

특히 얇고 작은 『직업으로서의 정치』는 내가 신뢰하는 정치 바이블로 곁에 두고 자주 탐독하는 책이다. 막스 베버가 1917년부터 2년간 뮌헨 대학에서 강의한 내용을 담은 이 책은 정치가의 자질로 '열정, 책임감, 균형감각'을 들고 있다. 아울러 정치인이라면 행동의 시작이 되는 신념윤리와 결과에 무한 책임을 지는 책임윤리를 겸비할 것도 강조한다.

정책을 선택하거나 추진해야 할 때 그의 통찰과 시야를 빌려 어떻게 현상과 문제를 바라보고 해결할지를 참고한다. 정치가 풀어야 할 과제는 늘 어났지만 정치의 능력은 현저히 떨어진 요즘, 외모만큼이나 준엄한 베버의 유언장 같은 이 책은 내게 가이드라인이 되고 있다. 지혜와 신념으로 가득한 그의 아포리즘 몇 구절을 소개한다.

어리석고 비열해 보이는 세상에 좌절하지 않고
그 어떤 상황에 대해서도 "그럼에도 불구하고!"라고
말할 수 있는 사람만이 정치에 대한 '소명'을 갖고 있다.

정치란 악마적 힘들과 관계를 맺는 것이다.

가슴 깊은 곳에는 신념윤리를 간직하되,
행동에 있어서는 책임윤리를 무엇보다 우선해야 한다.

자신이 정치에 소명을 가지고 있다고 생각하는 이는
두꺼운 널빤지를 뚫는 사람이 되어야 한다.

권력이 모든 것을 바꿀 순 없지만 권력 없이
바꿀 수 있는 건 거의 없다.
힘을 멀리하는 자는 착한 사람은 될 수 있어도
의로울 수 없다. 착한 사람은 세상의 불한당과
싸워주지 못하며, 음지의 불우한 이들을 구원할 수 없다.
정치의 세계에서만큼은 외려 성자가 정의롭지 못한 법이다.
불의가 판치는 세상에서 혼자만 착한 것은 아무런
의미도 없다. 역사의 진보에는 홀로 남는 착한 이보다
함께 가는 의인이 필요하다.

한 번은 소방서장님과 만나 대화하는데 그분이 이런 얘기를 하셨다.
"시골은 화재사고가 나면 독거노인들의 사망사고가 많아요. 그래서 과천시처럼 저희도 그분들 댁에 화재경보기 정도는 달아드리면 좋겠습니다. 아무래도 주무시다가 몰라서 당하는 일은 없을 겁니다."
순간 머리가 탁 트이는 느낌에 사무실로 돌아오자마자 조례를 검색해서 광주시의회에 제안했다. '누가 봐도 해야 될 일이고, 큰돈이 안 들고, 다수의 이익에 부응하는 일'이라면 1초라도 늦출 이유가 없다. 사회적 약자에게 행정의 관심과 지원을 더하고 더불어 사는 광주시가 되기를 희망하기 때문이다.

반면 시에서 10억 원을 들여 동네에 CCTV를 설치하겠다는 안건에는 고민이 앞섰다. 다수결로 정하면 당연히 내가 질 게 뻔하지만 과연 CCTV가 능사일까? 카메라로 범인의 검거율을 높였다는 통계는 있지만 그것 때문에 범죄율이 떨어졌다는 통계자료는 아직 없다.

'범인 하나 잡기 위해 100명의 프라이버시가 24시간 노출되는 건 괜찮은 걸까? 혹시 도둑을 잡다가 선의의 피해자라도 생긴다면 어떡하나? 이 예산이라면 다른 방법은 없을까? 이게 최선일까, 혹시 다른 차선이 있다면 차선을 다하는 건 어떨까?'

어디선가 모르는 사람이 나를 자꾸 지켜보고 의심하고 있다는 건 불쾌한 일이다. 범죄율과 개인의 사생활 사이에서 내가 지더라도 물음은 계속 켜두고 싶다. 타협하되 망가지지 않는 법도 찾는 중이다.

PS. 백범 김구 선생은 '돈을 맞춰 일하면 직업이고 돈을 넘어 일하면 소명이다. 업으로 일하면 월급을 받고 소명으로 일하면 선물을 받는다'고 말씀했다. 나는 어떤 소명으로 일해서 의외의 선물을 받을 수 있을지 궁금해진다.

3

고령화 사회와 콤팩트 도시

—

　고령화 사회를 대비하자는 목소리가 높아지고는 있지만, 실제로 인구절벽과 고령화 문제가 발등에 떨어진 것 같지는 않다. 그러다 어느 날 65세 이상이 인구가 20% 이상인 초고령화 사회가 닥쳐야 예산이 조금씩 집행될 것 같다.

　노인만 사는 아파트를 한 번 상상해보자. 신혼부부는 절대 들어가고 싶지 않을 테니 저절로 세대 분리가 될 게다. 그러면 세대 갈등이 있는 요즘이 차라리 좋은 시절일지도 모르겠다. 젊은이는 또래들과 살고 싶어 하고, 노인은 젊은 세대와 섞여 살고 싶어 하지만 그리 마음대로 될지는 의문이다.

　누구는 도시 운영을 건물 운영에 비유했다. (규모의 차이는 있겠지만) 도시도 건물 자산을 관리하듯이 정성껏 보살피라는 뜻이다. 나는 이렇게 질문을 바꾸고 답을 찾아보고 있다. 우리 건물에서 65세 이상 노인들도 운전을 하니 도로의 기본 안전 속도는 낮춰야 할까, 높여야 할까? 고층아파트의 승

강기 속도는 낮춰야 할까, 높여야 할까? 노인들이 화장실 변기를 고치겠다고 애쓰다가 망가뜨리는 경우가 많으니 주택 보수도 전문 보수업체가 맡아야 효율이 좋지 않을까?

그렇다면 주거정책은 취락지역 중심의 의료, 주거, 행정, 상업 기능이 한데 모인 콤팩트 시티(Compact City)로 가야 한다. 독거노인이나 취락지역의 노인들은 강력범죄의 대상이 되기도 쉽고 고독사할 가능성도 크다. 따라서 복지, 의료, 주거 시스템이 집중되도록 '가까이 모여 살게' 해야 한다. 아파트도 지역에 맞는 주택정책으로 재편되어야겠지만, 거대한 인구를 품은 도시의 유지가 그리 간단해 보이지는 않다.

지속가능한 개발이란 '미래 세대의 욕구를 충족시킬 능력을 저해하지 않으면서 현재 세대의 욕구를 충족시키는 개발'로 정의되어 있다(1987년 유엔의 환경과 개발에 관한 세계위원회인 브룬틀랜드위원회의 보고서 '우리들 공통의 미래'에서 처음 등장한 개념이다). 현재와 미래 세대를 충족시키는 개발이 아니라면 진정한 대책도, 대안도 아닐 것이다.

지방의 의료시스템을 한 번 생각해보자. 지방 의료시스템을 구축하고자 하는 마음은 간절하지만 지방정부가 실제로 할 수 있는 일은 별로 없다. 지방에 있는 의료시설이라고는 치료보다는 예방 차원의 보건소뿐인데, 이것이 일당백 역할을 하고 있다. 의료원을 지으면 폼이야 나겠지만 의사 초빙도 쉬운 일이 아니다. '양질의 병원으로 지속가능한가? 병원이 민간의 일이냐 공공의 일인가?' 이런 물음과 함께 현실적 재정을 생각해보면 지방에서는 국가에 중소 규모의 병원을 구축해달라는 요청을 하는 방법밖에 없다고 본다.

　광주시 퇴촌면은 1만 5,000명이 사는 작은 마을이다. 위급 상황 시 시내로 모이게 하는 일본의 콤팩트 시티를 모델로 삼는 게 그림 좋은 의료원을 꿈꾸는 일보다 빠르겠다는 계산이 선다.

　일본의 후지요시 마사하루 기자는 『이토록 멋진 마을: 행복동네 후쿠이 리포트』라는 책에서 '공공시설의 편리가 부담이 되는 날이 온다'고 짚었다. 고령화로 인구 구성이 바뀌면 '살기 편함'이 오히려 역작용을 일으킨다는 것이다. 시가 교외로 확대되면 쓰레기 수거, 간병 서비스 순회, 도시 정비, 제설비 같은 행정비용도 늘고 자연재해 발생 시 지역 간 상호 부조능력이 떨어진다.

　그는 대안으로 교외 개발을 억제해 시 중심부에 사람, 물건, 돈의 기능을 집약하는 것이 세계 도시들이 장려하기 시작한 '콤팩트 시티'라고 강조한다. 즉, 시 전체의 교통을 집약하고, '포트램' 등의 교통수단으로 시민들이 시 중심으로 편리하게 접근하게 하되 외곽의 확장은 억제하는 방식의 도시개발이다.

　마을의 상하수도와 전기도 콤팩트 도시에서 답을 찾게 된다. 마을 중심에서 15㎞ 떨어진 오지에 사는 주민도 세금을 내니 당연히 상수도를 연결해줘야 한다. 오폐수의 유출로 인해 지하수를 마시는 건 안전하지 않기 때문이다. (광주에는 마을형 간이상수도가 있지만 수량이 적어서 일상생활에 사용하기엔 부족한 편이다.)

오폐수와 환경오염도를 고려하지 않고 자가상수도, 자가정화조를 설치하면 주택 허가를 내주는 지금의 법은 위험하다. 앞으로 건축허가 관련 법 개정을 할 때는 정화처리기능의 당위성을 명시해야 할 것이다.

자기정화조의 최종 방류수는 20ppm(BOD 기준), 실제 공공의 정화처리는 4ppm 정도라서 5배나 차이가 난다. 20ppm으로 버리면 다시 공공이 정화의 책임을 져야 한다. 일반 서민이 독자적인 상하수도와 정화조를 갖춘다 해도 세금으로 오폐수를 또다시 정화하니 두 번, 세 번씩 일하는 셈이다. 얼마나 많은 시간과 돈의 낭비인가.

전기도 마찬가지다. 전기선이 길면 길수록 평균 전기세가 올라갈 수밖에 없다. 가까이 사는 10가구의 전기세와 멀리 사는 1가구의 전기세가 같다면 답은 콤팩트 도시형으로 가는 것이다. 한 마을에서 에너지 생산과 소비, 순환이 이뤄지는 독립구조로 가야 된다. 에너지 자립으로 '마을에서 함께 생산, 마을에서 함께 자치'가 실현되는 그날을 기대해본다.

오키나와의 검소, 프라이부르크의 자족

—

한국인의 장점은 유행에 민감하고 새로운 걸 좋아한다는 데 있다. 반면 유럽인들의 장점은 빠른 변화보다는 오래된 안정성과 검소함에 있는 것 같다. 유행이나 패션 트렌드에는 무심한 듯한 유럽인들의 겉모습은 낡은 듯 수수하면서도 뭔가 있어 보인다. 예전의 나는 남들이 볼까 봐 구멍 난 청바지 같은 건 아예 못 입던 사람이었는데, 외국 출장을 좀 다니면서 우리의 소비와 살림을 다시 바라보게 되었다.

일본 오키나와 사회당의 지역대회, 우리 식으로 말하자면 전당대회에 초대받은 적이 있다. 의원들이 모두 나와 지역의 과자를 팔고 그 수익으로 신문을 만든다고 한다. 대회장의 맨 뒤에는 오토바이 라이더 같은 체인이 달린 가죽바지 차림의 젊은 층들이 삼삼오오 둘러앉아 술을 마시고 있다. 정치성이라고는 전혀 없고 그저 마을축제 같아 보이는 자유롭고 즐거운 분위기였다.

5일간 홈스테이를 하는 동안에도 내 눈에 띈 것들은 하나같이 오래된 것들이었다. 깃이 닳은 낡은 셔츠, 15년 된 손목시계와 가방, 물려받은 것 같은 구두…. 영국의 한 교수도 왔는데 고무 링으로 붙인 안경을 쓰고 있었다. 오래되어 보여도 튀지 않으면서 자연스럽고 빈티지한 멋이 우러났다. 온건한 기후의 영향도 있겠지만 고풍스러운 건물도 관록이 있어 보일 만큼 잘 관리해온 것 같았다.

(일본과 영국, 독일은 과거 제국주의 국가로서 식민지를 경영해본 나라다. 노동, 인권, 환경 문제 같은 산업화의 모순들을 식민지에 전가하고 시행착오를 거친 과실을 가지고 자기 나라를 운영했으니 더 내실 있는 발전이 가능했을 것이다.)

그들은 스스로 검소한 줄을 모른다. 검소함이 삶 자체이자 생활양식이 되었기 때문이다. 그들의 나라에서는 새 차나 40년 된 헌 차나 마찬가지로 좋아 보였다. 새 것도 새 것 티가 안 나고 헌 것도 그리 티가 안 날 정도로 깨끗해 보인다. 도로도 자전거도 모두 그랬다. 정 붙이고 아껴 쓰면 무생물도 오래가는 것 같았다.

얼마 전 도보와 자전거로 둘러본 독일의 환경수도 프라이부르크(Freiburg, 자유의 도시라는 뜻)도 그랬다.

인구 25만이 사는 프라이부르크는 스모그와 오존 조기경보시스템 설치, 제초제 사용금지, 재활용법, 교통량 발생 방지정책 같은 녹색 이미지로 1992년에 독일의 환경수도로 선정되었다. 특히 솔라(Sola) 기술 분야에서 혁신을 거듭해 독일 환경원조재단의 '미래지향적인 공동체' 상을 수여한 도시다.

태양에너지로 세계의 중심에 선 이 도시는 솔라 에너지산업 분야에만 80여 중소기업에서 700여 명의 인력을 고용하고 있어 환경산업과 고용 등에서도 '녹색도시'의 성공모델이라는 평가를 받았다. '미래 시장은 녹색'이라는 말처럼 녹색 시장을 선점한 도시의 가능성은 대단해 보였다.

시 면적의 43%에 달하는 숲과 산림의 관광자원을 보유했는데, 시 산림의 90%가 경관보호구역이고 15%가 생물권 보전지역으로 지정되어 있다. 대기와 토양, 하천을 보호하고자 노력하며 이 모든 일에 시민들이 적극 참여하는 도시, '지속가능성, 미래지향성 그리고 삶의 질'을 선택한 도시가 프라이부르크다. 주거지역의 자동차 운행시간을 아침 9시부터 저녁 7시까지 제한하고, 자전거와 도보만으로도 도시가 운영될 수 있다는 것을 보여줬다.

내 눈에 비친 그들의 여유와 녹색의 삶은 자족에서 오는 것 같았다. 미래를 위해 '빠른 것보다는 함께 천천히 발전하기'를 택한 프라이부르크의 성공사례를 광주시민들도 경험해봤으면 하는 마음이다. 이곳 프라이부르크와 북인도의 자급자족 공동체마을인 라다크,[2] 브라질의 생태도시 쿠리치바를 떠올리며 광주시의 미래를 그려본다.

솔직히 허세와 욕심이라면 나도 뒤지지 않는 사람이다. 쏘나타 2.0이냐, 아반떼 1.6이냐를 두고 고민하다가 약간의 허세를 좀 부려서 쏘나타를 샀다. 과욕과 자족 사이에서 끝없는 갈등을 하는 나는 더 좋은 IT 장비, 집, 차, 자전거, 옷에 여전히 눈이 돌아간다.

'과욕이 없으면 낭비도 없다. 낭비하지 않으면 옹색함도 없다.'

'처리보다는 분리, 분리보다는 방지'를 원칙으로 세운 프라이부르크의 폐

---

2) 『오래된 미래: 라다크로부터 배운다』라는 책도 인상 깊었다.

기물 정책과 이 구호를 마음에 새기고 돌아오는 비행기 안에서 이런저런 상념들을 정리해봤다.

'혹시 사회와 나에 대한 두려움 때문에 자꾸 욕심을 부리는 건 아닐까? 나의 이력서에 쓸 스펙을 위해 돈 들여 학위를 또 따야 되나? 요즘처럼 정보가 널린 세상에서 세미나, 다큐, 유튜브, 각종 앱 등으로 공부해도 되는데 대학원 학벌을 또 소비해야 할까?'

명품자족도시에서 시작한 생각은 교육까지 날아갔다. 우리 사회는 남들 눈을 의식한 교육 소비가 너무 크다는 걸, 그것도 허욕이고 과욕이라는 걸 알게 됐다.

사실 광주시민들이 좋아할 만한 정책, 그러나 가까운 미래에 세금을 털어 넣어야 될 정책 아이디어는 쉽고도 많다. 공영버스도 늘리고 4차선으로 도로를 넓히면 오랫동안 가려웠던 곳을 한 방에 해결할 수 있다. 적당히 타협해보려는 순간 또 의문이 고개를 든다.

'이 일을 꼭 지금 추진해야 되나? 우리 형편에 다 할 수 있나? 오늘 과욕을 부리면 내일 체하는 법이야.'

5

광주의 미래 먹거리: 전기버스와 물 정화기술

―

주목받는 미래산업 중에 가히 에너지 혁명이라고 불리는 스마트 그리드 (Smart Grid) 산업이 있다. '전력 공급자와 소비자가 실시간 정보를 교환하며 에너지 효율을 최적화하는 차세대 지능형 전력망'이라는 이 똑똑한 전기 사업의 쟁점에는 '배터리, 태양광 발전, 전기 원격 검침, 전기 거래제도' 등 이 있다. 이 중에 광주에 접목해볼 친환경 산업으로 전기자동차와 전기버 스를 점찍어본다.

자율주행차나 전기버스는 대도시 서울에서는 시범사업으로 해볼 수 없 다는 단점이 있다. 승패를 장담하기 어렵고 안전에 대한 부담이 크기 때문 이다. 서울의 택시가 하루에 200㎞ 정도 뛴다고 하는데, 전기버스는 한 번 충전에 160㎞, 전기승용차는 360㎞를 주행한다고 하니 충전하다가 또는 충전소를 찾다가 하루가 간다는 비효율의 문제가 대두되고 있다.

서울과 가까운 광주 같은 소도시야말로 전기버스의 시험장으로 적합하 다고 본다. 광주시에서 1,000시간 이상 사용해본 시험사업으로 광주시의 테스트 인증을 얻거나 추후 시가 직접 전기버스를 운영할 수 있다면 시민들의 자부심과 삶의 질을 높여줄 지방정부가 될 것이다.

전기차의 핵심인 배터리는 충전과 수명이 관건이다. 배터리 충전기술 R&D 연구소를 유치하거나 전기차 정비 관련 기술아카데미를 만들어 엔지니어를 길러낸다면 2차 수익모델도 가능할 것이다. 그렇다면 광주는 전기차 산업 하나로도 멋지고 든든한 도시가 될 수 있다. 상수원보호지역인 이곳에서 소음과 배기가스가 없는 전기버스 같은 성장에너지사업, 친환경 프로젝트에 집중하는 건 옳고도 필수적인 일이다.

또 하나, 광주의 상수원을 이용해 부가가치를 창출하는 방법도 제안한다. 대표적인 물 부족 국가인 우리나라에서 수질 정화는 생존기술이다. 앞으로도 기후변화와 자연재해 앞에서는 부족한 물을 정화해서 사용하는 일 외에는 대안이 없을 것이다.

나라와 지역에 따라 상수도 공급 방식은 다르다. 프랑스는 지하수를 공급한다. 우리처럼 댐을 짓고 대규모로 정화 처리해서 송수관으로 물을 공급하는 경우는 많지 않다. 그래서 해외, 특히 동남아와 아프리카 등 저개발국가에서 우물을 파주고 상수도시설을 만들어주는 우리나라의 먹는 물의 지원사업과 적정기술 보급은 상당히 환영받고 있다.

물 정화의 실질 현장을 가진 이곳에서 수질관리 전문 시립대학이 세워지고, 전문하수처리기술을 거친 물이 다시 한강으로 흐른다면 어떨까? 환경 관련 학과에서 물 처리기술을 가르치고는 있지만 전문성과 확장성에서는 아직 부족하다. 안정적으로 물을 처리하는 학문과 기술을 광주시의 자산이나 지적재산권으로 확보해낸다면 전 지구적으로도 상당한 역할을 담당할 수 있을 것이다.

수처리 기술에 대한 경험과 노하우를 축적한다면 좋은 일자리 제공과 해외 수출도 가능하지 않을까 기대해본다. 특히 먹는 물 고민이 큰 중국이나 저개발국가에 우리의 수처리 아이디어와 관점, 기술을 협력 또는 이전해주는 날도 멀지 않을 것이다.

식수원 공급을 위해 토지 개발이나 제조공장을 억제하려는 정부의 시책에 광주시가 지역 개발을 위해 동의를 얻으려면 상수원 보호 의지에 반하지 않고 부합하는 대안을 찾아내야 한다. 그것이 바로 전기버스와 수처리 기술의 강화라고 본다. 이 두 가지 사업에 10년 정도 투자하면 좋은 성과가 나오지 않을까?

기존의 규제를 해소하지 못한다면 규제를 활용해 경제모델을 만들 필요가 있다. 더 많은 산학연 토론과 협의, 전문 연구를 거쳐야겠지만 더 높은 부가가치를 창출할 수 있는 자주경제 시스템을 구축하기 위해 힘껏 달려볼 생각이다.

독일의 프라이부르크를 다시 한 번 떠올려보고 마치겠다. 핵발전소 건설을 반대한 이 도시는 태양에너지산업으로 친환경 녹색도시로 거듭났다. 택지 개발해서 수익을 창출하는 모델이 곧 끝날 것이니 그 이외의 모델이라면 결국 환경과 관련된 에너지 사업이 될 것이고 이를 지금부터 준비해야 된다.

난개발과 도로 문제는 해결에만 10년이 걸릴지 모른다. 다른 예산을 탈

탈 털어서 길을 확보해봤자 또 다른 문제와 요구들이 우리 앞에 떨어질 것이다. 이제는 10년 후 발생할 이슈와 서비스는 뭘까 고민하면서 지금 문제에 80%의 에너지, 미래 준비에 20%의 여력을 나누어 투자해야 한다. 저성장, 고령화 사회를 대비해 미래 먹거리와 신기술산업이라는 신대륙을 탐험하고 정복해야 한다.

그렇지 않으면 누가 되더라도, 아니 세종대왕님이 다시 온다 해도 10년 후에 '대체 당신들은 한 게 뭐가 있냐?'는 비난을 또 들을 수밖에 없을 것이다. 지금부터라도 고령화 사회, 신기술에 대해서는 부단하게 점검하고 방향을 찾아가야 한다.

PS. 1970~1980년대 광주에서 돈 있고 공부 좀 하던 이들은 서울로 갔다. 30년 후 귀향해 건물을 짓고 사는 이들과 30년 세월을 견뎌서 어느 정도 살게 된 원주민들 사이에는 미묘한 긴장이 있다. 지역 출신 간, 세대 간에 흐르는 사회적 긴장을 해결하려면 공동의 성과나 공동의 사회적 경험이 있어야 가능하다. 2002년 월드컵 전후와 1987년 민주항쟁 전후와 2016년 촛불집회 전후의 사회 분위기와 국민의 화합도가 다르듯이 말이다.

광주라는 소도시에서 가져볼 공동의 경험이라면 커다란 사회적 혜택이나 지역 자부심 또는 어떤 어려움을 극복한 동질감 등을 들 수 있겠다. 다른 곳에 없는, 부러워할 만한 기념비나 수익모델이 마을에 있다면 굳었던 분위기는 달라질 것이다. 그 중 하나가 전기버스나 수질전문처리대학이 될 수 있다고 본다.

남들과 다른 새로운 경험치, 가령 미래 녹색산업이나 전국 최초의 복지

서비스 또는 지역 축제로 성공해본 성취감이 있다면 공동체의식이나 동질
감은 확고해질 수 있을 것이다. 아직까지 많이 못 느껴본 공동의 승리와
성취의 기쁨을 찾도록 하는 게 나의 역할이다. 성취의 로드맵, 꼭 해냈으
면 좋겠다.

6

2번의 선거, 8년의 시의원 생활을 돌아보며

—

2010년 광주시 시의원에 출마해 결과 발표를 기다리던 첫날에는 한숨도 못 잤다. 새벽 2시가 넘어서야 당선 축하 회식으로 치킨과 맥주를 먹기 시작해서 새벽 5시가 넘어 귀가했는데 정말 하나도 안 피곤했다. 집으로 가는 내내 전봇대와 땅이 나를 보고 웃는 것만 같았다. 마약에 취한 느낌이 이럴까 싶을 정도로 기쁘고 흐뭇했다.

처음 출마를 결심하게 된 계기는 이랬다. 노무현 정권의 권력 재창출이 실패한 이후 우리가 지방을 버려서 진 거라는 열패감이 들었다. 영남에서는 새누리당, 전남에서는 민주당이 되는 형국의 지역주의는 희망이 없다는 생각으로 故 노무현 대통령도 "선거법만 바꿀 수 있다면 허수아비 대통령도 되겠다"고 연정을 말했지만, 누구 말처럼 권력을 줬더니 권력을 버린 꼴이 되어버렸다. 게다가 우리의 불친절한 정권은 이에 대한 설명이 부족했다.

우리는 시민들로부터 선택받지 못했다. '왜 우리는 선택받지 못했을까?'는 당시 가장 큰 고민이었다. 진정성과 대의를 위한 고민이 있었음에도 우리는 선택받지 못했다.

시민들과 소통하며 우리의 생각과 결정 그리고 가는 방향을 성실히 대변하지 못했다는 원인 파악과 더불어 서울로 하루 3시간 이상 출퇴근하는 것이 힘들어졌던 이유도 있었다. 나는 낙향해서 동네사람들과 수다를 나누며 다음 세상을 기약해보기로 했다.

2014년 2번째 출마 때는 상갓집에 문상하는 무거운 마음으로 출마했다.

4년 내내 잘 바뀌지 않는 상황과 대치하느라 힘겨웠다. 재당선이 됐을 때도 무덤덤했다. 죽어라 했지만 변한 게 많지 않았다. 장애인 콜택시 등 복지를 위한 조례를 제정했지만 피부로 느낄 만큼 바뀐 게 없었다. 그렇다고 다른 선택의 여지도 없었다. 되돌아가자니 너무 멀리 온 걸까? 깜깜한 밤바다에 떠 있는 배 한 척, 빛이 보이지 않는 터널에 있는 마음이었다.

이제는 현실을 인정합시다, 구체적으로 이렇게 해봅시다, 하고 시민들에게 내 속마음을 제안하고 싶어졌다.

'우리가 원하고 꿈꾸는 세상을 향하되 나머지는 포기합시다. 포기하는 부분에 대해서 제가 욕먹을 자신은 있습니다. 이런 합의를 해주신다면 약속한 모델을 시민들과 함께 한 번 만들어보고 싶습니다.'

사실 정치판에는 정답이 없다. 51:49의 싸움터, 1%의 선택에 달린 판이다. 세상이 워낙 빨리 변하니 도달해야 할 목적지는 잘 모르겠다. 다만 안전하고 편안하게 살다가 죽을 수 있는, 안 싸우는 세상을 향했으면 좋겠다. 온전한 유토피아는 없겠지만 그 방향을 향해 지난한 과정 내내 설득하고 설득당하며 통과하는 게 정치다.

2018년 지방선거에 나와 생각이 비슷한 뜻있는 좋은 후보들이 많이 나와서 기쁘다. 자유한국당(새누리당)과는 항상 진흙탕 싸움하는 기분이지만, 보수적인(?) 민주당을 찔리게 하는 진보적인 정의당에게는 배울 점이 많다. 날카로운 지적과 뜨끔함이 있어야 과거로 퇴보하지 않고 미래로 전진하는 게 아닐까.

최우수 의원상 수상을 기념하며

정치는 한마디로 우선순위와 우선선택의 문제 같다. 예를 들어 '북한은 나쁘다'라는, 민주당과 한국당의 입장에는 큰 차이가 없다. 북한을 때릴 거냐, 아니면 용돈을 줘서 달랠 거냐의 차이, 즉 대응하는 방법의 문제일 뿐이다. 당근과 채찍을 둘 다 써야지 100% 맞고 틀리는 문제는 아니라고 본다.

같은 이치로, 지방자치의 정책 결정도 우선순위와 우선선택에 달렸다고 말하겠다. 노인복지, 유아보육, 도로 확보, 물놀이는 모두 선택의 문제다. 민주당 후보라고 어린이 도서관이나 어린이 놀이시설에만 중점을 두지 않는다. 그들도 고령층을 위한 노인정, 노인보호시설에 관심을 가지고 있다. 보수는 노인에게 돈을 쓰고 민주당은 교육에 쓴다는 건 잘못 고착된 이미지라고 생각하고 다르게 일하겠다고 다짐한다.

전당대회에 대한 여담도 하고 싶다. 유권자들이 커다란 체육관에 모여서 처음 보는 정치인의 7분 혹은 12분짜리 연설을 듣고 그를 평가하거나 선택하는 데는 무리가 있다. 그렇다면 자기의 정책 분야별로 뻔한 연설이 아닌 팬터마임이나 연극을 보여주는 정책 쇼핑몰의 방식은 어떨까? 요즘 인기 있는 TV 오디션 프로그램처럼 입장할 때 당원들에게 카드를 하나씩 주고 평가점수를 매기고 투표해보는 건 어떨까?

박수부대처럼 연설 끝에 환호하고 박수치는 똑같은 풍경 말고 다양한 정책 프로그램을 만나고 고르는 쇼핑몰 같은 전당대회를 혼자 상상해본다. 대한민국 지방자치박람회처럼 지방자치의 우수사례나 정책, 미래 가능성을 보여주고 고르게 한다면 정치 생산자와 소비자는 더 책임감 있는 미래를 함께 지향할 수 있을 것이다.

지역 의원으로 일하는 가장 큰 재미를 든다면 비용이 안 든다는 점이다. 양복을 싫어하는 나는 와이셔츠에 청바지 차림으로 시민들을 만난다. 양복 드라이 안 해도 되니 환경오염도 줄이고 돈도 안 들어서 좋다. 머리 염색 안 해도, 양복 안 입어도, 좋은 차 안 타도 누가 뭐라고 안 하니 마음 편하다.

배추가 금추가 되어도 가까운 밭에서 떼어다 담그면 되니 김장 걱정도 안 해서 좋다. 도시에서는 한 발짝마다 들던 돈이 광주에서는 모두 공짜다. 돈 걱정 대신 공동체 걱정에 골몰할 수 있으니 더더욱 감사하다. 앞으로도 로컬 지향자로, 마을의 브랜드 매니저로 최선과 성심을 다하고 싶다.

맺음말

반짝 애인과 평생 배우자

'국회의원은 애인 같은 사람을, 단체장은 배우자 같은 사람을 뽑는다'는 말이 있다.

몇몇만 아는 투표의 비밀이라고는 하지만 공공연한 진리가 된 말이다.

국회의원은 같이 다니면 폼 나는 데이트 상대를 고르듯 쿨한 이미지에 투표를 한다. 실력 있고 멋지면 최고이다.

반면 단체장은 허우대는 좀 빠지고 못나 데이트하기 꺼려지더라도 오래 갈 만한 사람, 생을 반려할 믿음직한 배우자 같은 사람을 선택한다고 한다. (물론 둘 다 갖춘 사람이면 더 좋겠고 그런 사람도 내 주변에 있기는 있다.)

내 아내의 휴대전화에 '애인'이라고 저장되어 있는 나는 현재 집사람의 배우자로 살고 있다. 삶의 즐거움과 긴장을 줄 수 있는 애인과 평온함과 안정감을 줄 수 있는 배우자의 역할 둘 다 잘하고 싶다.

여전히 부족하고 진보 성향을 지닌 보수파긴 하지만 나는 광주바라기로서 마을과 앞으로의 삶을 잘되게 하고 싶은 생활정치형 활동가다. 그동안 함께 울고 웃으며 때로는 화도 내면서 이끌어주신 많은 분들께 진심으로 감사드린다.

행정사무감사와 예산결산심의 그리고 조례 발의와 의정활동을 지켜봐주시고 응원해주신 분들께는 감사를 표하며, 이 과정에서 혹 나로 인해 마음에 상처를 입으신 분들께는 미안한 마음과 더불어 이해를 부탁드린다.

이것이 내 일이고 이런 일을 하라고 시민들로부터 권한을 위임받은 사람으로서 최선을 다하고자 노력했다고 생각해주신다면 그분들께 감사드리고 싶다. 우리의 일상에서 시작된 정책이 우리의 이상과 만나기를 바라는 마음이다.

'후배는 선배보다 훌륭하다'는 말이 떠오른다. 그래야 역사가 발전한다고 믿는 나기에 내가 꼭 완벽해야 한다는 부담감은 없다. 다만 후배들과 다음 세대를 위해 기반을 만드는 게 내 사명이고 이 작은 책이었으면 좋겠다.

그동안의 소명을 더듬어본다. 아직도 확실한 실체가 잡히지 않고 종종 혼란스럽기도 하지만 끝까지 사랑하고 잘하겠다는 애인 같은 배우자라면 내 마음의 자세와 노력에 달린 게 아닐까 어슴푸레 짐작해본다.

먼저 근심해서 나중에 웃는 사람, 지금은 욕먹어도 나중에 칭찬받는 지혜롭고 충성스러운 광주의 일꾼으로 정진하고 매진하자고 마음가짐을 새롭게 다져본다.

가을이 깊은 퇴촌에서
광주바라기 이현철 드림

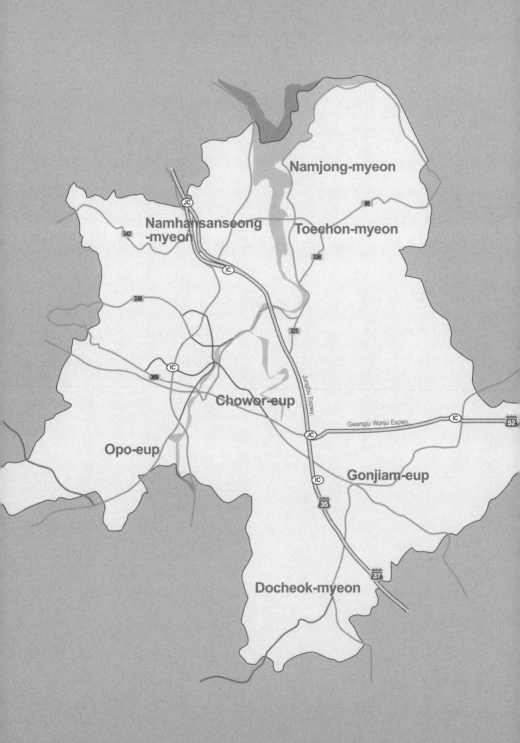

부록

조례 발의 18

보육정책토론회

2030 광주도시기본계획(안) 토론문

독일 연수보고서

조례 발의 1
2011 부실공사방지조례

광주시의회 제202회 임시회 본회의에서 이현철 의원이 발의한 가칭 '부실공사방지조례안'이 통과되었다.

이번 조례안은 기존의 '광주시 계약심의위원회 구성·운영 및 주민참여감독대상공사범위 등에 관한 조례' 중 일부를 개정한 것이다.

발의한 조례개정의 주요 내용은 다음과 같다.

첫째, 주민의 생활에 직접적인 영향을 주는 사업에서 시장의 주민참여감독 임명을 의무화하고,

둘째, 3억 원 이상의 사업에 대하여 주민설명회를 의무화하며, 3억 원 이하일 경우라도 사업의 여건과 필요에 따라 주민설명회를 할 수 있어 주민의 의견을 수렴·반영토록 했으며,

셋째, 공사 감독공무원의 책임과 의무를 명확히 하고,

넷째, 부실시공 사업자에 대하여 광주시가 발주하는 공사의 '입찰참가자격을 제한'하도록 했으며,

다섯째, 일반 시민들이 관련 조례를 쉽게 이해하고 적용하게 하기 위하여 조례의 명칭을 '광주시 부실공사방지 및 계약심의위원회 운영 조례'로 변경키로 했다.

이번 조례 발의는 경기도 지역 자치단체로는 과천시를 포함하여 4번째이다.

조례 개정안을 발의한 이현철 의원은 "지난 집중호우로 인한 피해 중 하수관거 및 배수관 공사의 부실로 피해가 더 커진 사례가 있다"면서 "지역을 잘 아는 지역주민을 주민참여감독으로 임명하고, 감독공무원의 책임을 명확히 하여 부실공사를 사전에 최대한 방지하는 것"이 목적이라고 강조했다.

—

조례 발의 2

2012 전국 최초, 풍수해 피해주민 지원조례 제정

—

광주시의회 이현철 의원이 '풍수해 피해주민 지원조례 제정'을 발의했다.

광주시의회에 따르면 지난 6월 21일 이현철 의원 외 2인의 의원이 '풍수해 피해주민 지원조례(안)'을 공동 발의했으며 5일간의 공람기간을 거쳐 6월 28일 경제건설위원회에 상정 가결될 경우 6월 29일 정례회 제4차 본회의에 조례안 제정을 결정하게 된다.

이현철 의원(민주통합당)은 "지난 2011년 수해로 인해 많은 광주시민들이 고통을 받았는데, 정부지원금을 포함해 한 가구 지원금이 최대 215만 원으로 지층 또는 저지대 주민들이 주로 피해의 대상이었고, 정부지원금으로 도배와 장판, 보일러 시공부터 각종 생활 용품을 구입하기에 턱없이 부족한 금액이었다"고 설명한 후 "이 조례안의 핵심은 지난 3년간 풍수해 피해를 본 시민들이 다시 풍수해에 의한 피해가 발생할 경우 실비보상을 할 수 있는 방안을 마련한 것과 광주시장이 풍수해에 의한 시민 피해를 분석하고 풍수해 보험을 통해 주민지원 계획을 세우는 것을 의무화한 것"이라고 설명했다.

참고로 최근 3년간 광주시에 발생한 풍수해 피해가구는 약 1,500여 가구로, 이번 조례가 통과되면 그 대상이 되며, 풍수해보험 가입의 개인부담금 중 일정액을 광주시가 지원하게 된다. 또한 조례에 근거하여 기초생활수급자 및 세입자의 경우 개인부담금의 대부분을 지원받을 수 있을 것으로 보인다.

이번 조례는 전국적으로 처음 시행되는 조례로 지방자치단체가 풍수해보험을 통해 지역주민들이 피해를 구제하고 이에 대한 집행 책임을 자치단체장에게 강제함으로써 주민과 지방자치단체가 지혜를 모아 풍수해 피해를 극복할 수 있는 제도로 유럽 등 선진국에서 활성화된 제도이다. 또한 유럽에서는 많은 주민들과 지방정부가 풍수해 보험을 통해 자연재해에 대한 대책을 강구하고 있는 실정이다.

조례 발의 3

2013년 광주시 협동조합 지원에 관한 조례안

이현철 의원은 「협동조합기본법」이 2012. 12. 1. 시행됨에 따라 협동조합의 설립·운영을 지원하고 협동조합 생태계를 조성하여 새로운 일자리를 창출하고 사회서비스를 확충함으로써 건강한 지역공동체 구현과 주민의 삶의 질 향상에 기여코자 '광주시 협동조합 지원에 관한 조례안'을 발의했다.

조례의 주요 내용은

첫째, 조례의 제정 목적 및 용어의 정의(안 제1조~제2조)

둘째, 협동조합 지원계획의 수립에 관한 사항(안 제3조)

셋째, 협동조합 지원위원회 구성 및 운영에 관한 사항(안 제4조~제7조)

넷째, 협동조합 설립 촉진 등 활성화 지원에 관한 사항(안 제8조~제13조)

- 경영지원, 교육훈련, 재정 지원, 우선구매 촉진, 협동조합 홍보 등으로 구성되어 있다.

그러나 이번 조례는 광주시 경제건설위원회에서 부결됐다.

부결된 이유 중 하나는 모 의원이 "대한민국이 노동조합 때문에 문제인데 조합을 또 만들려 하느냐?"라는 주장이 있었다.

—

조례 발의 4

2013년 광주시 문화예술 지원 및 육성에 관한 조례 전부개정조례안

—

이현철 의원은 문화예술 진흥에 관한 중요시책 심의·자문 기능 수행을 위해 광주시 문화예술 진흥위원회를 설치하고, 「문화예술진흥법」에 따라 광주시에서 활동하는 문화예술단체가 경기도의 전문예술단체로 지정받을 수 있도록 행정적 지원을 할 수 있도록 하고 지정을 받은 전문예술단체에 대하여는 예산의 범위에서 그 육성에 필요한 재정적 지원을 할 수 있도록 "문화예술 지원 및 육성에 관한 조례를 개정안을 발의했다.

조례의 주요 내용은 다음과 같다.

첫째, 문화예술 진흥에 관한 중요시책 심의·자문 기능수행을 위하여 광주시 문화예술 진흥위원회 설치 및 구성, 위원의 임기, 운영 등에 대하여 규정함(안 제9조~제12조)

둘째, 위원회 심의안건의 심의·의결에서 위원이 제척하는 경우와 의원 위촉해제에 관한 사항을 규정함(안 제13조~안 제14조)

셋째, 단체가 「문화예술진흥법」규정에 따라 전문예술단체로 지정받을 수 있도록 행정적 지원을 할 수 있도록 규정(안 제16조)

조례 발의 5
2014 광주시 도시계획조례 개정

● 광주시 불법 훼손지(사고임지) 개발행위 제한을 위한
『광주시 도시계획조례 개정안』

　　이현철 의원은 광주시의회 225회 임시회에 불법 임야 훼손지(사고임지)를 관리하기 위한 도시계획 조례 개정안을 발의했다.

　　이번 조례안은 "고의 또는 불법으로 임목이 훼손되었거나 지형이 변경된 후 원상회복이 이뤄지지 않은 토지의 개발행위허가제한 규정을 조례에 명시하여 녹지의 보존 및 도시환경을 향상"하기 위한 조례다. 특히 일부 수종개량허가를 득한 후 산림을 훼손하고 이를 방치하는 방식으로 개발을 강행하려는 행위를 원천적으로 방지하는 조례로, 불법행위가 이루어진 토지의 개발행위허가를 제한토록 하고 있다.

　　이번 조례로 광주시에서 논란이 되었던 산림훼손사례(대주아파트 뒤 산 개발 등)에 대한 시민의 우려를 해소할 수 있는 조치가 가능하게 됐다.

　　조례 내용은 아래의 조문을 신설하는 것으로 되어 있다.

* 광주시 도시계획조례

　제23조(개발행위허가의 기준) 제1항 제5호 고의 또는 불법으로 임목이 훼손
되거나 지형이 변경되어 원상회복이 이루어지지 않은 토지로서 토지이용
계획확인서에 그 사실이 명시된 토지가 아닌 경우.

　제79조의 2(토지이용계획확인서 등재 대상) 『토지이용규제 기본법 시행규칙』 제
2조 제2항 제6호에 따라 '도시계획조례로 정하는 토지 이용 관련 정보'란
고의 또는 불법으로 임목이 훼손되었거나 지형이 변경되어 원상회복이 이
루어지지 않은 토지임을 확인할 수 있는 정보를 말한다.

—

조례 발의 6

2015 광주시 음식물류 폐기물 수집·운반 및 재활용 촉진을 위한 조례

—

이현철 의원은 음식물쓰레기 과다 배출문제를 해결하기 위해서는 발생 단계에서부터 원천적으로 음식물쓰레기를 줄이는 노력이 필요하다고 판단, 현재의 음식물쓰레기 관리 방향을 음식물쓰레기의 발생 억제하는 방향으로 전환함으로써 낭비 없는 음식문화를 정착시키고, 음식물류 폐기물 종량제 조기 정착으로 발생량을 줄이고, 배출자 부담원칙의 확립을 도모하고자 음식물류 폐기물 수집·운반 및 재활용 촉진을 위한 조례 개정안을 발의했다고 밝혔다.

주요 내용은 다음과 같다.

첫째, 음식물쓰레기 관리를 발생억제 방향으로 전환하여 광주시장이 음식물쓰레기의 발생 억제를 위한 시책을 수립·시행하게 했으며,

둘째, 음식물쓰레기 종량제 시행 관련 음식물류 폐기물에 관한 수수료를 배출량에 따라 차등징수하고, 배출량 범위에 따라 수수료 요율을 차등할 수 있도록 개정(안 제14조),

셋째, 다량배출사업장의 관리에 있어 자가 처리에 앞서 발생억제 의무를 우선 부여하고 다량배출사업장에서도 종량제를 실시하도록 했다.

—

조례 발의 7
2015 광주시 음식물류 폐기물 감량기기
설치 지원 및 운용 조례안

—

　　이현철 의원은 관내 일반가정 및 사업장에서 배출되는 음식물류 폐기물의 감량 및 자원의 재활용을 위하여 감량기기 설치 등을 지원함으로써 음식물쓰레기 배출량을 줄이는 데 사회적 공감대를 형성코자 조례를 발의했다고 밝혔다.

　　주요 내용은 다음과 같다.

　　첫째, "음식물류 폐기물의 감량화"란 음식물류 폐기물을 가열 등에 의한 건조의 방법으로 부산물 수분함량을 20퍼센트 미만, 염분함량을 1.8퍼센트 미만으로 함(안 제2조)

　　둘째, 음식물류 폐기물 감량기기를 설치한 자의 음식물폐기물 배출방법 등을 규정함(안 제4조)

　　셋째, 감량기기를 설치 사용하고자 하는 자의 감량기기 설치 및 운용방법 등을 규정함(안 제5조)

　　넷째, 「건축법」제2조제2항제2호에 따른 공동주택의 신축·증축·개축 시 음식물폐기물 발생 억제 및 처리계획신고서를 제출하는 등 감량화를 위한 조치를 하도록 함(안 제6조)

　　다섯째, 감량기기 설치 관련 보조금의 신청방법, 지급방법을 규정함(안 제8조 및 제9조)

조례 발의 8
2015년 전국 최초, 사회복지시설
행정 및 회계 감사에 관한 조례안

이현철 의원은 '향림원 불법 행위 논란'에 대한 대책으로 전국최초 사회복지시설 행정 및 회계 감사에 관한 조례를 만들었다며, 이번 조례로 '향림원 불법 행위 논란' 같은 일이 재발하지 않고 자정할 수 있는 기회로 작동하기를 희망한다'고 밝혔다.

조례는 사회복지시설 관리의 효율화와 시설생활(이용)자 등의 보호를 위해 행정 및 회계감사에 필요한 사항을 규정함으로써 사회복지시설 통제를 내실화하고, 그 운영의 적정성, 공정성 및 책임성을 확보하는 데 목적이 있다.

주요 내용은 다음과 같다.

가. 「사회복지사업법」에 의한 감사대상의 범위를 규정함(안 제3조)

나. 감사대상 제외대상을 규정함(안 제4조)

다. 시장은 감사를 체계적이고 효과적으로 수행하기 위하여 매년 감사계
획을 수립하도록 함(안 제5조)

라. 감사반 구성에 관한 사항을 규정함(안 제6조)

마. 감사반은 감사종료 후 감사 결과보고서를 시장에게 보고하도록 함
(안 제10조)

바. 행정처분 시 처분대상의 시설명칭, 처분사유, 처분내용 등 정보를 광
주시 홈페이지에 게시하도록 함(안 제11조)

조례 발의 9
2015 작은도서관 지원 조례 제정

사립 작은도서관 지원 길 열려

이현철 의원이 발의한 '작은도서관 설치·운영 및 지원에 관한 조례'가 2015년 9월 17일 의회행정복지위원회를 통과했다.

발의의원인 이현철 의원은 "조례는 주민 생활 속 가까운 거리에 위치한 작은도서관을 통해 차별과 장애 없이 지식정보를 높이기 위한 조례로 사립 작은도서관에도 행정적·재정적 지원을 가능하게 했다"고 밝혔다.

조례의 내용은 시장은 작은도서관 진흥 시책을 강구, 도서관 설치 및 운영을 위한 추진계획을 수립, 작은도서관 설치 기준 등을 마련하였으며, 활성화를 위해 행정적·재정적 지원을 할 수 있도록 되어 있다.

이 조례는 9월 23일 광주시의회 제237회 2차 본회의 의결로 시행되며, 조례안이 본회의를 통과하면 33.3㎡ 이상 공간에 1,000권 이상의 장서를 보유하고 6석의 열람석을 구비한 사립 작은도서관이 혜택을 받게 된다.

현재 광주시에는 국립 작은도서관 5개소와 사립 작은도서관 12개소(1개소 운영 중지 중)가 있으며, 이 조례에 의해 작은도서관 중 영리목적 등의 시설은 제외다.

조례 발의 10
2016 광주시 푸드뱅크 지원 근거 마련

광주시에서 푸드뱅크 관련 '광주시 식품 등 기부 활성화에 관한 조례'가 행정복지위원회를 통과하면서 푸드뱅크 사업에 대한 예산편성 및 사업자에 대한 평가가 가능해졌다.

이현철 의원은 "이번 조례는 「식품 등 기부 활성화에 관한 법률」에 따라 식품 등 기부를 활성화하고 기부된 식품을 이용자에게 지원하기 위하여 필요한 사항을 규정함으로써 지역 내 나눔 문화를 확산하는 데 이바지하려는 목적"으로 발의했다고 밝혔다. 이번 조례가 통과되면 그동안 논란이 있었던 푸드뱅크 사업자에 대한 지원과 평가 근거가 마련된 임의적인 예산지원 등의 논란은 사라질 것으로 예상된다.

광주시에서는 푸드뱅크 사업자에 대한 예산지원에서 시의회가 사업성과에 따른 차등지원을 요구했으나 광주시가 의회의 요구를 무시하고 예산을 편성하면서 논란이 있었다.

이번 조례가 본회의에서 가결되면 광주시 소재 기부식품사업 일명 '푸드뱅크' 사업자에 대한 광주시의 예산지원의 근거가 마련되며, 더불어 사업자는 매년 평가를 받게 된다.

조례안은 12개조로 구성되어 있다. 주요 내용은

제4조에 식품등 기부와 기부식품 등 제공사업을 지원하고 장려하기 위한 시책 추진 및 예산확보를 하도록 시장의 책무를 규정

제6조에 시장은 식품 등 기부와 기부식품 등 제공사업을 지원하고 장려하기 위한 시책을 수립하고 추진

제7조에 식품등 기부와 기부식품 등 제공사업에 필요한 운영비 또는 사업비를 예산의 범위에서 지원

제9조에 제공자 또는 사업자가 위법한 경우 지도·감독

제11조에 사업자의 기부식품 등 제공사업 수행결과를 정기적으로 평가하고, 공적이 우수한 법인·단체·개인에게 포상 등의 내용으로 구성되어 있다.

관련 조례는 지난 9월 6일 광주시의회 의회행정복지위원회를 통과됐으며 9월 9일 본회의에서 가결되면 2017년 2월부터 시행된다.

—

조례 발의 11
2016 광주시 사회적경제 활성화 지원 조례

—

이현철 의원은 "조례안은 사회적 가치의 실현과 공공성 강화를 위한 상생과 호혜, 연대의 기본 원리로 운영되는 사회경제 조직 등의 지원을 위해 발의했다"면서 이번 조례를 통해 "사회경제 분야가 더 활성화되어 지역경제 활성화에 도움이 되기를 희망한다"고 말했다.

조례는 사회적경제 조직의 설립·운영을 지원하고 사회적경제 생태계를 조성하여 새로운 일자리를 창출하고 사회서비스를 확충함으로써 사회통합과 주민의 삶의 질 향상에 이바지할 목적으로 하고 있다.

주요 내용은 다음과 같다.

가. 사회적경제 지원계획의 수립 규정(안 제3조)

나. 사회적경제 활성화 위원회 구성 및 운영 등(안 제4조~제9조)

다. 사회적경제 지원센터 설치·운영(안 제10조)

라. 사회적경제 활성화 지원 관련 기금 조성·운영(안 제17조)

마. 사회적경제 활성화 관련 경영·재정 지원 등(안 제18조~제20조)

—

조례 발의 12

2016년 도로 및 상수도 공사에 따른
도시가스 공급배관 설치 조례안

—

이현철 의원은 관내 도로개설 등의 사업 및 상수도관 매설공사 시 도시가스 공급배관을 사전에 설치함으로써 시민들의 도시가스 공급 시 개인부담과 이용편의 증진 및 효율적인 도로관리를 하기 위해 조례를 제정했다고 밝혔다.

주요 내용은 다음과 같다.

가. 목적 및 정의에 관한 사항(안 제1조~제2조)

나. 책무 및 적용범위에 관한 사항(안 제3조~제4조)

다. 도로개설 등 사업의 계획 및 설치에 관한 사항(안 제5조)

라. 비용 등에 관한 사항(안 제6조)

조례 발의 13
2016년 지방보조금 관리조례

―

이현철 의원은 지방보조사업자의 보조금 집행에서 부정 등 회계관리 문제가 있어 보조사업자의 지방계약법령 등에 따라 공정한 계약을 체결할 있도록 규정함으로써 보조금을 건전하고 투명하게 운용하기 위해 조례를 개정했다고 밝혔다.

주요 내용은 다음과 같다.

지방보조사업자의 투명한 계약체결을 위하여 지방계약법령에 따라 이행하고 불공정한 계약체결을 방지하는 조문을 신설함(안 제21조의2)

—

조례 발의 14

2017 광주시 공동주택단지, 어린이놀이터, 경로당 등 주민공동시설 구체화

—

광주시에서 일정규모 이상의 공동주택단지를 조성할 경우 어린이놀이터, 경로당 등 주민공동시설의 설치가 의무화되는 내용이 규정화된다.

이현철 의원은 "'광주시 주택건설기준조례' 제정으로 늦은 감은 있으나 일정규모 이상의 공동주택단지에서의 어린이놀이터, 경로당 등 주민공동시설의 설치 내용을 규정하고 구체화하여 광주시민들의 주거환경을 한 단계 높일 수 있는 계기가 됐으면 한다"고 밝혔다.

이현철 의원이 발의한 '광주시 주택건설기준 등에 관한 조례'(이하 주택건설조례)의 주요 내용으로는 원룸형 주택에서의 주차장 설치 의무(0.6대), 주택단지 내 전기자동차 주차구역 설치, 비상급수시설, 주민공동시설 설치가 있다. 주민공동시설은 어린이놀이터, 폐기물보관시설, 경로당, 어린이집, 주민운동시설, 작은도서관이 대상이다.

'주택건설조례'안은 3월 17일 상임위를 통과됐으며, 특별한 문제가 없는 한 3월 20일 본회의에서 가결될 전망이다

—

조례 발의 15
2017년 광주시의회 의원 의정활동비 등
지급에 관한 조례

—

이현철 의원은 의원의 의정·연구활동 비용을 보존해 주기 위하여 지급되는 의정활동비 등에 대하여 의원 등이 법률을 위반 공소제기 등으로 구금 상태에 있는 경우에는 지급을 제한하기 위해 조례를 개정했다고 밝혔다.

주요 내용은 다음과 같다.

가. 법령에 규정된 관내 출장 및 여행 시 지급하는 여비에 관한 사항을 인용하여 명문화함(안 제3조)

나. 의원이 사법기관 등에 공소 제기되어 구금상태에 있는 경우 의정활동비 등 지급을 제한하는 규정 신설(안 제4조)

—

조례 발의 16
2017 소방취약계층 주택용 소방시설 설치
지원에 관한 조례안

—

이현철 의원은 관내 소방취약계층(독거노인 등)의 소방재난사고 발생 요소를 사전에 제거하고 안전한 주거환경을 제공하기 위해 주택용 소방시설 설치 지원에 관한 사항을 정하기 위해 조례를 제정했다고 밝혔다.

주요 내용은 다음과 같다.

가. 조례의 목적 및 정의에 관한 사항을 규정함(안 제1조 및 안 제2조)

나. 설치비용 지원에 관한 근거를 규정함(안 제3조)

다. 지원 대상 및 범위, 신청에 관한 사항을 규정함(안 제4조 및 안 제5조)

라. 지원결정 및 지원예산 확보 노력에 관한 사항을 규정함(안 제6조 및 안

제7조)

조례 발의 17

2017 교통약자의 이동편의 증진에 관한 조례

이현철 의원은 관내 교통약자의 이동편의 증진을 위하여 특별교통수단으로 운행되는 콜택시 이외에 추가로 셔틀버스를 도입·운영할 수 있도록 하여 장애인들의 이동편의를 지원하고자 조례를 개정했다고 밝혔다.

주요 내용은 다음과 같다.

가. 특별교통수단의 도입에 관한 사항을 규정함(안 제12조)

나. 특별교통수단 이용대상 및 이용제한에 관한 사항 중 장애인 교통약자에 관한 사항을 추가 규정함(안 제13조)

다. 특별교통수단의 운영 등에 관한 사항을 규정함(안 제14조)

—

조례 발의 18

2017 아파트경비원 등에게 에어컨 등의 설치 지원 가능해져

—

이현철 의원은 생의 마지막 시기인 사람들이 많으며, '을'의 설움을 가장 많이 겪는 아파트 경비원 및 환경미화원의 쉼터 등 근무환경을 개선할 수 있도록 '공동주택조례'를 개정했다고 밝혔다.

—

보육정책토론회
보육정책의 공공성 확대해야(2017. 10. 25.)

—

2016년 광주시 추경예산안 심사에서 누리과정 예산 편성에 있어 국가가 책임지겠다던 누리과정 예산 편성을 국가가 책임지지 않고 교육청과 지자체에 전가하여, 누리과정 예산을 권한과 책임이 없는 기초자치단체인 광주시가 긴급 편성하는 일이 발생했습니다.

지방재정법에 따르면 이런 기초자치단체의 보육예산 긴급편성은 불법성이라는 논란이 있었음에도 안정적인 보육정책의 유지를 위해 광주시의회는 긴급예산 편성을 승인했었습니다.

보육정책은 원칙적으로 정부가 책임져야 합니다. 그러나 정부가 책임져야 할 국가사무를 민간 영역에서 오랜 기간 책임져왔습니다. 우선 그동안 보육을 담당해준 민간 어린이집 종사자 여러분께 감사의 마음을 전합니다.

그러나 원론적으로 보육정책이 국가사무이듯이 보육현장은 민간역할에서 국공립역할의 강화로 진행될 것입니다. 이 과정에서 그동안 보육서비스의 주체로 있었던 민간영역은 보육정책의 주체에서 밀려나는 것이 아닌가 하는 불안은 당연한 것입니다.

이에 지방자치단체를 포함한 국가는 이런 불안감을 해소하기 위해 민간에 대한 지원과 공공성 강화라는 두 가지 정책적 목적을 수행해야 하며, 이 과정에서 오랜 기간 국가사무인 보육정책을 대신해온 민간 보육 종사자들에게 예우를 다해야 한다고 생각합니다. 이런 문제의식으로 현재 보육정책의 주체, 재정, 인력 문제 등을 중심으로 의견을 제시하고자 합니다.

첫째, 보육은 국가사무입니다.

소비자 입장에서 우리나라 보육서비스는 여전히 민간에 의지하고 있고, 국가의 책무를 민간에 전가하면서 충분한 예산지원이 수반되지 않아 양질의 보육서비스를 제공하지 못하고 있는 현실입니다.

이는 우리 사회의 근대화 과정에서 보육정책은 민간이 책임져 왔으며 국가는 민간이 책임지고 있는 보육정책에 대한 개별적 지원방식으로 국가의 책무를 방기해왔다는 것을 의미합니다.

이렇듯 국가가 보육정책을 국가사무로 인식하면서 믿고 맡길 수 있는 보육서비스 제공과 정부 지원의 효과성 및 형평성을 높이기 위해서 국공립어린이집이 시설수 대비 30%, 새 정부가 공약한 아동 수 기준 국공립어린이집 40% 이상 확충을 목표로 하게 됐습니다.

그러나 현재 우리나라 국공립어린이집은 2016년 기준 6.9%밖에 되지 않아 여전히 제자리걸음이고 정부는 국공립어린이집 확충 예산을 매년 삭감

편성하고 있습니다.

그런 의미에서 국공립어린이집을 확대하기 위한 국가와 지방자치단체의 노력, 예산편성의 노력은 더욱 강화되어야 합니다.

둘째, 현실 보육을 위해 재정지원에 대한 정책은 명확해야 합니다.

현재 보육정책은 '무상보육'으로 표현되면서 보육예산의 가파른 증가를 요구하고 있습니다. 그리고 국가의 보육예산 증액은 필수적입니다. 그러나 지난해 '보육대란'을 경험하면서 국가예산과 지방예산 편성에 대한 불안과 불신은 여전합니다.

새 정부는 누리과정 예산을 중앙정부가 책임지겠다고 밝혔으나 0~2세 보육료 지원, 양육수당, 기본 보육료 등을 둘러싼 재정문제는 여전히 숙제입니다.

국가가 무상보육이라는 형식적 논리에 집중하다 보니 현실적인 재정지원에 여러 허점을 보이고 있습니다. 현장의 보육종사자들이 종사자 급여는 차치하더라도 보육을 위한 최소한의 소품 제조비용도 부족하다고 항변하는 것은 정책과 현실이 모순에 빠졌음을 의미합니다.

새 정부 정책대로 국공립의 비율을 장기적으로 전체 30%까지 높여도 70%는 민간(가족) 영역이 책임져야 합니다. 결국 민간이 책임지고 있는 보육현실에 맞는 재정지원정책으로 8+4 정책 등 기본보육비의 현실화와 이를 위한 현실적 재정확보 방안이 제시돼야 합니다.

국공립과 민간(가족)어린이집에 대한 재정지원을 현실화하고, 민간(가족)과 국공립의 재정운영 차이와 차별을 없애고 형편을 고려하는 것은 어린이집의 공공성을 강화하는 중요한 잣대가 될 것입니다.

셋째, 서비스 공급자(원장, 보육교사, 보육종사자)의 처우가 개선돼야 합니다.

보육교사의 처우는 보육서비스 질과 밀접한 연관이 있기 때문에 이에 대한 대안도 시급한 상황입니다.

우리나라는 대부분이 민간에 의해 운영되고 민간어린이집 운영에 대한 보육비 지원이 열악하여 보육교사의 처우와 근무조건은 열악할 수밖에 없습니다.

보육교사 평균 근속연수는 국공립어린이집이 3년 2개월인 반면, 민간어린이집은 1년 6개월에 불과한 것으로 나타났습니다.

특히 누리과정을 통해 어린이집과 유치원의 교육 커리큘럼이 같아졌음에도 불구하고 두 직종 종사자의 처우는 차이가 납니다.

지난해 국회예산정책처 조사 결과에 따르면 유치원 교사의 평균 월 급여는 187만 원, 어린이집 보육교사는 167만 원으로 어린이집 보육교사의 임금수준이 낮은 것으로 드러났습니다. 이 때문에 보육교사의 직무만족도가 떨어지고 이직이 잦아 결국 보육의 질 하락으로 이어지고 있다는 지적은 항상 있어왔습니다.

언론에 공개된 김종필 한국어린이집총연합회 정책연구소장의 "보육교사의 열악한 근무환경과 낮은 처우가 보육의 질 확보에 발목을 잡아왔는데 장시간 근무와 낮은 급여 등이 지속된다면 유아교육과 보육의 질 관리를 강화하더라도 서비스의 질은 쉽게 개선되지 않을 것", "유보통합의 질을 높이려면 국가 또는 지자체, 학부모의 추가 부담이 발생한다 하더라도 보육교사의 처우개선을 위한 투자가 필요함"과 같은 지적에 공감합니다.

이런 의미에서 멀지 않은 시기에 지자체가 보육교사를 직접 고용하는 방안이나 광주시가 시행하고 있는 생활임금을 보육종사자에게 적용하는 방안 등도 정책적으로 연구돼야 합니다. (2018년 광주시 생활임금 시간당 8,490원)

넷째, 보육정책의 공공성은 정부, 원장, 교사, 부모의 거버넌스 체계가 필요합니다.
국공립어린이집이 어느 정도 이상 확충된다 해도 민간주도의 어린이집이 대부분인 상황에서 민간어린이집의 운영과 보육서비스 제공에 공공책임성을 강화하는 과제는 여전히 중요합니다.

2017년 5월 12일 인천지방법원에서 식자재 납품업체와 짜고 허위 거래명세서를 작성하여 급식비를 부풀리고 보조금을 지급받은 어린이집 원장에 대해 영유아보육법상 처벌할 규정이 없다는 이유로 무죄를 선고하였습니다.
이는 보조금인 기본 보육료의 사용처 등을 구체적으로 적시하지 않아 시설의 부도덕한 행위에 대해 공적으로 제재할 수 없는 제도의 허술함을 보여주고 있는 것이며, 민간어린이집에 대한 관리가 제대로 이루어질 수 없음을 확인시켜 주었습니다.

결국 지금은 국공립어린이집과 민간어린이집 두 영역의 공공성 확보를 위한 노력이 동시에 이루어져야 할 것입니다. 이를 위해 일단 학부모, 원장, 교사들과의 소통체계를 만들어 각각의 의견을 수렴하고 보육의 방향성과 가치를 정립하는 과정이 우선돼야 합니다.

보육주체인 부모, 원장, 교사가 참여하는 보육정책이어야 정책의 실효성이 보장될 것입니다. 보육시설의 공공성 강화는 통제와 감시의 방식이 아닌 소통과 참여의 방식으로 전환돼야 하며 이는 이해당사자가 참여하는 거버넌스 체계 구축으로 표현될 것입니다.

다행히 우리 광주시는 어린이집연합회라는 보육시설 종사자들의 협의체가 잘 마련되어 있습니다. 민간영역에서 협의체가 잘 마련되어 있다면 이젠 광주시가 보육정책을 잘 이해하고 효율적으로 지원체계를 꾸릴 수 있도록 준비해야 할 것입니다.

지금은 민간과 지방자치단체가 함께 보육시설과 정책의 공공성을 강화하는 노력을 필요할 때입니다. 감사합니다.

2030 광주도시기본계획(안) 토론문

2016.03.08. 광주시의회 이현철

■ 2030 광주시도시기본계획 요약

- 2030년 광주시 계획인구 58만 9천 명 계획(2014년 30만 9천 701명 기준)
- 자연증가 2만 1천여 명 증가 33만 769명 예측
- 사회증가 25만 7천 741명 증가 예측

- 공관구조
- 2020 도시기본계획 1도심(경안), 2부도심(곤지암, 오포), 3지역중심(신현, 퇴촌)
- 2030 도시기본계획 1도심(경안), 2부도심(곤지암, 오포), 5지역중심(신현, 퇴촌, 삼동, 초월, 도척)

- 교통구조
- 기존 2 고속도로, 2 국도망 중심
- 2030이전 국가도로 및 철도망 계획

① 광주~원주고속도로(제2영동고속도로, 2017년, 국가) 초월 IC

② 서울~세종고속도로(제2경부고속도로, 2025년, 국가) 삼동, 오포 IC

③ 안성~파주고속도로(제2외곽순환고속도로, 2020년, 국가·민자) 도척, 신촌 IC

④ 성남~장호원간전용도로, 2017년, 국가, 직동, 쌍현, 열미, 봉현 CI

⑤ 성남~여수 복선전철(2016년, 국가) 삼동, 경기광주, 초월, 곤지암 역

- 편익시설구조
- 광주시 1일 용수수용량 2013년 기준 89천 톤/일에서 2030년 230천 톤/일로 예측, 158% 증설 필요
- 총 계획하수량은 2013년 123,964천 톤/일에서 2030년 239,834천 톤/일로 예측, 93.4% 증설 필요

■ 기본방향의 문제점

1. 인구배정의 문제

광주시가 제출한 자료에 따르면 단계별 계획인구 설정에 있어 15년간 총 27만 8천여 명이 증가할 것으로 예측하고 있으며, 사회적 증가분에서 예

측 가능한 지구단위계획에 따른 증가분 6만 5천 1백 명을 제외하고 통계적 근거가 매우 희박함.

예를 들면 2013년 12월 수도권교통본부에서 배포한 자료상 광주시 인구 전망은 2035년까지 증가한 후 감소하는 것으로 제시하고 있으며, 2030년 인구 예상치를 25만 2천 587명으로 제시하고 있으며, 안전행정부 주민등록인구통계에는 2006년 기준 2013년까지 평균 인구증가율이 3.69%이고 2013년 인구통계는 28만 6천 명이다.

수도권교통본부의 인구전망이 보수적이라 하더라도 안전행정부 인구통계의 인구증가율 3.69%를 대비할 경우 2030년 인구는 52만 9천 명임에도 광주시는 58만 8천 명으로 예측했다.

이 경우에도 통계청 2015년 7월 자료에 따르면 대한민국 평균 인구증가율 0.5%, 세계인구증가율 1%에 비해 상당히 높은 비율이며, 또한 2010~2015년 대한민국 인구증가율은 0.038%로 광주시만 인구증가율 급성장시대인 3.69%보다 높게 계상한 것은 비과학적이라는 비난이 있다.

실제 경기도는 2014년도 이후 인구 성장률이 1% 미만으로 떨어져 2035년 이후는 인구증가율이 '-(마이너스)'를 기록할 것으로 예측하고 있다.

2. 인구배정에 따른 편익시설 확충 문제

인구배정을 과다하게 계상한 상태에서 사회기반시설을 설계하다 보면 상수도는 1.56배, 하수도는 0.96배의 시설투자를 향후 15년 안에 완료해야 하는 부담이 발생한다.

여기에 상하수관 연결 등을 감안할 경우 그 부담은 더욱 커진다.

이런 문제는 광주시 자체예산 배분에 있어 실현 가능성에 대한 의문과 더불어 다른 자치행정을 위한 예산 배정이 불가능하거나, 과도한 채권발행으로 인한 파산의 가능성도 예측할 수 있다.

3. 공간구조의 문제

광주시의 기본 공간구조는 1도심 2부도심 3지역중심이다. 이에 성남~장호원간 복선전철 개통에 따른 역세권 개발로 2개의 지역중심 삼동, 초월을 추가하고 도척을 개발부측으로 상정 지역중심으로 추가한 것으로 보인다.

이 논리는 경기 동부권의 성남을 중심으로 광주를 그 배후지로 상정한 상태에서 개발의 주축인 성남~광주(경안)~곤지암~이천으로 이어지는 개발축을 중축으로 한 것으로 타당하나, 보고서에 적시된 것처럼 양평~퇴촌~초월~오포~신현~성남으로 이어지는 개발부축과 곤지암에서 도척으로 이어지는 개발부축의 논리적 근거는 매우 떨어진다.

일반적으로 개발주축과 부축은 시민들의 이동선을 중심으로 만들어지는 것으로 도농복합도시에서 지역중심의 범주를 과도하게 많거나 넓게 산정할 경우 소비의 집중을 통한 지역경제기반을 취약하게 할 가능성이 매우 크다.

예로 광화문 광장을 중심으로 한 미대사관 축은 길은 잘 정비되어 있지만 사람의 이동선이 없어 상권으로는 죽어 있는 지역경제기반은 취약한 오피스타운이지만 종로 축은 사람의 이동선과 연계되어 지역경제기반이 매우 튼튼한 경우다.

결국 개발 축은 사람의 이동선을 중심으로 배치해야 하며, 이 경우 도심과 부도심, 그리고 지역중심에서 사람의 이동선을 확보하지 못할 경우 상업시설 등의 개발 기대치는 높지만 활용도가 떨어져 지역 시민들의 경제적 부담만 키울 가능성이 크다.

■ 역사가 살아있는 자족도시 광주의 밑그림을 바라며

2000년대 도시 확장 모델의 욕구에서 벗어나야 한다.

과거 도시의 확장은 산업화에 따른 일자리 확보를 위한 시민의 이동을 기반으로 한다. 농촌에서 서울로 인구이동은 산업화 시기 농업보다 산업 노동이 생산력이 높았으며, 산업 노동에 참여하기 위한 탈농과 도시노동으로의 인구이동이었다.

국가는 서울 확장의 한계점에서 서울 인근으로의 인구이동을 정책적으로 유도했으며 1차 신도시 계획인 분당, 산본, 일산 신도시가 시작이었다.

신도시에서 서울로의 교통망 구축과 이를 통한 출퇴근 가능한 산업노동은 서울인구의 경기도로의 편입을 가속화했으며, 광주시의 급격한 도시화도 이로부터 근거한다고 봐야 한다.

그렇다면 '앞으로도 서울에서 경기도로 인구이동이 지속될 것인가? 그리고 확충된 교통망(고속도로와 철도 등)이 광주시민의 서울 등의 출퇴근을 가속화시킬 것인가? 아니면 이어진 이천, 여주 등 광주보다 토지가액 등이 더 저렴하고 출퇴근이 가능한 지역의 도시화를 가속화시킬 것인가?'를 면밀히 분석해야 한다.

정부와 통계청 그리고 학자들의 주장대로 인구 이동의 한계가 도달했다면 우리가 선택해야 할 도시의 미래상은 2000년대 인구 유입에 따른 도시 확장모델이 아니라 시민들의 욕구를 해결하는 정주형 도시모델로 전환해야 할 것이다.

적정인구 배정이 도시기본계획의 초석이다.

광주시는 인구 50만이 자족도시의 기본이라는 인식을 가지고 있는 듯하다. 그러나 인구수와 자족도시의 개념은 연계되지 않는다.

그럼에도 광주시가 인구 배정에서 50만 이상을 산정하는 이유는 다분히 행정적 이유로 보인다.

지방자치법상 인구 50만 이상 대도시에 6급 이하 지방공무원 정원 책정권과 21층 이상 50층 이내 규모 건축허가권, 10만㎡ 이상의 주택건설사업 승인권, 토지구획정리, 도시계획, 도시개발 등의 특례를 주고 있기 때문이다.

인구배정의 실수를 건축물에 비유한다면, 아파트 입주예정자를 1만 세대로 예측하고 건축물을 건립했는데 이후 입주율이 70%로 떨어져 공실율이 30%로 3천 세대의 공간이 빈 아파트가 만들어진 것과 같다. 이 경우 아파트의 가치는 날로 떨어질 것이고 결국 공실율은 더욱 나빠질 것이다. 아파트의 공실율은 도시에서는 공동화 현상이다.

결국 정정인구 배정이 도시기본계획의 처음이자 끝이라고 봐야 하며, 적정인구배정을 위한 더 치열한 연구분석이 필요하다.

정주권이 보장된 자족도시를 만들어야 된다.

자족도시는 결국 시민들이 필요로 하는 요구, 즉 소득과 소비 그리고 생산과 유통이 도시 내에서 해결할 수 있어야 한다.

시민들의 욕구가 안정적 소득이나, 쾌적한 환경, 양질의 교육, 이동편의, 다양한 소비문화 시설이라면 도시에서 욕구를 해결하지 못한 시민들은 기회가 될 때면 광주를 떠날 것이다.

도시가 시민들의 욕구를 해결하지 못하면 시민은 욕구를 해결할 수 있는 도시로 이동하게 될 것이고 시민들의 이동에 따른 소비문화는 전국적 인지도를 가지고 있는 상품의 소비만 이뤄져 결국 가내수공업 등 지역특성을 가지고 있는 골목상권의 와해로 그리고 지역경제기반의 와해로 이어질 것이다.

결국 자족도시는 시민들의 소비가 지역에서 안정적으로 이뤄지고, 이렇게 이뤄진 건강한 소비가 지역경제의 바탕이 된 도시를 말한다.

결국 지역경제의 건강성은 정주권이 보장된 자족도시의 가치기준이 될 것이다.

그래서 광주시는 시민들의 욕구를 분석하고 시민들의 욕구를 해결하기 위한 도시기반 시설을 어떻게 배치할 것인가를 바탕으로 도시기본계획을 세워야 한다.

예를 들면 광주시민들의 소득구조가 서울 등 인근도시에서의 노동이고,

시민들의 가장 큰 욕구가 양질의 교육과 양질의 소비문화 형성이라고 분석
됐다면 적절한 인구배정과 더불어 양질의 교육과 양질의 소비를 위한 도
심의 집중과 선택을 우선해야 한다.

양질의 소비는 소비시설(영화, 마트, 학원 등)이 집중될 때 시민들의 선택의
폭을 넓혀 안정적 소비가 가능하게 하기 때문이고, 이것이 가능하려면 우
선 주도심과 부도심에 대한 사회기반시설 투자를 더 늘리는 것, 그리고 주
도심과 부도심으로 시민이동이 원활하게 해야 한다는 결과에 도달하게 된
다. 이 가설이 타당하다면 도시기본계획의 지역중심을 3개나 더 늘리는 것
은 이해하기 어려운 공간구조이다.

끝으로 광주시 2030 도시기본계획을 보면서 15년 후의 광주 모습과 그
이후 인구가 줄어들고, 초고령화된 사회에서 광주의 도시기능을 어떻게
안정화시킬 것인가를 함께 검토해 주시기를 바라며 이런 고민이 지속될
때 시민들의 정주권과 역사까지 이해한 도시기본계획이 만들어질 것이라
고 생각한다.

독일의 환경수도 프라이부르크를 소개합니다

독일 연수보고서
독일의 환경수도 프라이부르크를 소개합니다

—

1. 프라이부르크의 선택: "태양에너지로 세계의 중심에 서다"

출처:www.freiburg.de

헬리오트름-태양을 따라 움직이는 태양광주택

태양광 발전시설이 설치된 바데노바 경기장

프라이부르크는 1970년대 초반 비일(Wyhl) 지역의 원전건설계획에 대한 시민들 반대운동과 석탄·석유 에너지 절약운동에서 출발하여 만들어진 도시다.

도시 주민들이 직접 환경 위험에 대한 의식을 변화시킨 덕에 성공적으로 개발이 될 수 있었으며, 최초 문제가 되었던 원자력에너지를 사용하지 않고 태양광 발전 활용에 대한 연구 개발에 투자 및 독려를 거듭하여 친환경 도시로 완성된 점에서 더욱 독일의 환경수도라 불릴 만하다.

지금은 재생에너지 관련 세계의 중심적 역할을 하고 있으며 수많은 영리 및 비영리단체들, 서비스산업 그리고 기관들이 집결하여 솔라 건축가 그리고 '제로-방출' 호텔에 이르기까지 실로 다양한 실험들이 성공을 했다.

프라이부르크는 세계 각국에서 모여드는 태양에너지에 관심을 가진 모든 이들에게 솔라-전문상담자 교육, 직업 그리고 추가, 보충교육의 중심이다.

프라이부르크가 주목받는 이유는 재생에너지 연구와 그것의 마케팅에서 환경적인 면에서나 경제적인 면에서 아주 큰 성공을 거두었기 때문이다. 오늘날 프라이부르크의 바데노바 축구경기장, 시청, 학교와 교회 그리고 개인 건물의 지붕이나 전면 혹은 외벽에 설치된 솔라 시설물들, 그리고 검은 숲의 고지에 설치된 풍력발전기 등이 이를 대변하고 있다.

현재의 프라이부르크가 '솔라-수도'가 된 것은 시민들의 높은 환경의식, 환경정책 우선권, 치밀하게 계획된 산업장려 때문이라는 것이 시 관계자의 주장이다.

2. 프라이부르크 폐기물 정책: "낭비하지 않으면 옹색함도 없다"

　프라이부르크의 '낭비하지 않으면 옹색함도 없다'는 시민운동은 이곳의 1인당 쓰레기 배출량이 프라이부르크가 소속된 바덴뷔르템베르크 주정부와 독일 연방정부의 쓰레기 배출량에 훨씬 밑돌게 했다. 예를 들어 시정부의 종이 수요의 80% 가까이를 재활용 용지를 사용하고 있으며, 프라이부르크 축구클럽을 포함한 사회 각 분야 민간·사회단체들이 정책에 동참하고 있다.

　비재활용 폐기물의 경우 산업단지 내 열처리 시설에서 소각하며 만든 에너지가 2006년 기준 시 전체의 2%를 차지하고 있다.

　프라이부르크의 폐기물관리 개념은 '처리보다는 분리, 분리보다는 방지'이며, 쓰레기방지와 분리는 '일회성 소비사회'에서 벗어나 지속가능한 소비 행태로의 길을 제시하고 있다.

　'낭비하지 않으면 옹색함도 없다'는 자부심일까, 프라이부르크의 길거리에 가장 많은 것은 작은 쓰레기통이며, 그것들은 깔끔하다.

3. 프라이부르크의 교통정책: "도시계획의 방향 - 교통량 발생 방지"

자전거도로

1982	35%	15%	11%	9%	29%
1999	23%	27%	18%	6%	26%

프라이부르크 주요 교통사용량 변화 추이

1970년대까지만 해도 프라이부르크에는 자전거도로가 없었다. 하지만 현재 이곳에는 전장 500㎞의 자전거 도로망이 촘촘히 얽혀 있고 자전거 이용자들을 위한 편의시설들도 더 한층 개선되었다. 시내와 시외버스 정류장(ÖPNV) 부근에 설치된 9,000여 대의 자전거 보관시설, 자전거 시가지도 등이 그 예들이다. 현재 시 거주자들의 90%가 시속 30㎞ 구역에 살고 있다.

이는 프라이부르크가 교통정책을 마련하면서 첫째 교통량 발생 방지, 둘째 친환경 교통수단 구축, 셋째 차량의 통제를 통해 이뤄냈다.

프라이부르크의 교통정책은 도시계획에 있어 교통량 발생을 미연에 방지하는 것으로 도시계획에서 가능한 한 짧은 거리 내에서 서로 잘 연계된 시 구역별 중심지 건설을 통한 하나의 복합도시를 형성하는 것이며, 도시개발은 주요 교통노선들을 축으로 하여 해나가고 시 외곽보다 시내에서의 개발에 우선권을 주는 것이다.

모든 중요한 도시계획상의 결정들은 교통량 발생 방지라는 원칙에 따른다. 전차노선과 잘 연계된 새 주거 지역들인 리젤펠트와 보봉(Vauban)의 건설, 이동경로를 고려한 대학건물들의 증축 그리고 지역주민들이 가까운 곳에서 그들의 생필품을 조달할 수 있게 하는 구역별 시장과 중심지 건설 구상 등은 이 원칙의 대표적인 예라 하겠다.

프라이부르크 교통정책의 두 번째는 친환경적인 교통수단들을 강화함으로써 이동편의를 보완하는 것으로, 도보, 자전거 그리고 공공 교통수단을 이용한 이동, 운송방법은 30년 이상 지속되고 있다.

교통정책의 세 번째는 차량의 통제이다. 현재 시 대부분의 구역에서 빈

틈없는 주차공간의 관리가 이루어지고 있다. 특히 보봉단지의 경우 마을 입구에 공동주차장을 마련하여 마을 안으로 자동차가 진입하는 양을 최대한 줄였으며, 경제적인 인센티브와 요금, 실내주차장 그리고 주차안내 시스템은 도심 가까이의 주거지들을 자동차들로부터 해방시켰다.

4. 프라이부르크 생물다양성정책: "자연으로부터 얻은 명성 녹색도시"

프라이부르크는 시 면적의 43%에 이르는 6,398 헥타르가 숲으로 덮여 있으며, 독일에서 행정단위 기준으로 가장 큰 산림을 소유한 도시이며, 시 산림의 90%가 경관보호구역인 데다 15%가 생물권 보전지역으로 지정되어 있다. 강가의 저지 숲에서부터 산의 초지, 큰 뇌조와 아르니카와 같은 희귀한 동식물종들이 서식하고 있는 샤우인스란트산의 숲, 에메랄드 도마뱀과 같은 지중해 서식 종들이 살고 있는 투니베르크의 고온 건조한 동식물권 지대에 이르기까지, 제한된 공간 안에서 아주 다양한 자연경관과 서식생물의 유형들을 보여주고 있다.

시 외곽의 풍부한 자연녹지에도 불구하고 시 외곽에서 중심부까지 500 헥타르의 녹지가 펼쳐져 있으며, 서쪽의 문덴호프, 호수공원 그리고 자연보호구역인 '프라이부르크 리젤펠트'와 동쪽의 뫼슬레 공원과 드라이잠 계곡 초지들 사이에는 공원, 경관보호구역 및 자연보호구역, 어린이 놀이터, 묘지공원 등으로 녹지축이 만들어져 있다. 특히 160개 어린이 놀이터 중 이미 다수가 자연 친화적으로 개조되었다.

또한 시의 산림국은 동물원 문덴호프를 관리하면서, 민간과 공공의 자연과 환경교육시설들을 지원하며 산림교육에 관한 행사, 안내관광 그리고 견학 등을 주관하여 관광사업에 일조하면서 학생들의 생활학습장으로 활용할 수 있도록 하고 있다.

지금도 프라이부르크는 지속적으로 자연·경관보호구역으로 지정하는 정책으로 새로운 휴양과 체험공간을 개발하는 동시에 미래의 세대들을 위해 자연유산을 보호하는 정책을 우선하고 있다.

5. 프라이부르크 도시환경정책: "대기와 토양, 하천을 보호하라"

대기정책

프라이부르크 시는 이미 지난 90년대 초부터 대기오염 물질 방출수치를 기록하고, 공기의 질을 개선하기 위한 계획을 세웠다. 또한 오존수치 안내 전화를 설치한 독일 최초의 도시이기도 하다.

그러나, 교통과 환경정책에서의 많은 노력에도 불구하고 시의 공기는 여전히 미세먼지, 매연 그리고 오존 등으로 오염되어 있다. 이런 이유로 시에 터널을 건설하고 공공 교통시스템을 개선하는 등의 교통정책적인 대책 이외에도 2010년부터 대기를 심하게 오염시키는 차종은 시내 운행이 금지하는 등 다각도의 노력을 해오고 있다.

토양정책

프라이부르크는 2004년부터 토지와 지하수에 있어서 기존의 오염상태와 환경유해 물질로 인한 현재의 오염 정도에 대해 기록하고 있다. 이런 기록을 근거로 오염된 토지구역들이 확인됨에 따라 예방책과 위험방지, 토질개선 대책 등이 권고·제안되고 있다.

이런 노력은 1,790건 이상의 오염 건이 시 환경국에 등록되었고 체계적인 평가 작업 후 필요한 경우에는 차단되어 토질개선 작업이 이루어졌다. 또한 오염지역 등록 자료는 토지소유자들과 건축설계자들에게 사전정보를 제공함으로써 사람들과 환경이 토양오염에 노출되는 것을 미연에 방지하는 데 도움을 주고 있다.

치수정책

증가하는 토지의 이용, 도로포장, 그리고 태풍, 폭우와 같은 기후변화로 인한 위험요인들이 늘어나면서 홍수방지 대책은 더 중요한 과제로 인식되었다. 2012년까지 위험 지역들을 위한 홍수위험지도가 작성되었으며, 범람 가능 지역에서는, 아주 엄격한 조건하에서만 건축이 가능하다. 프라이부르크에서 위험 지역들은 이미 대지이용계획 대상에서 제외되었다.

하천에 자연적인 물길을 되돌려주는 정책이 우선되어 드라이잠 강에서는 오래된 댐식 물막이 장치들이 거친 지면 경사식으로 대체되었다. 이로써 이곳에 작은 수력 발전소들을 건설 친환경적인 에너지를 생산하는 동시에 물고기들은 경사로를 거쳐 하천 상류로 이동할 수 있게 되어 일석이조의 효과를 얻었다.

프라이부르크의 생태적인 강수관리는 건축계획 시 침수층 설치나 녹색지붕 조성 등을 포함시켜, 물이 불필요하게 흘러 없어지는 것을 방지했으며, 건물 신축지에 중앙집중식 혹은 개별적인 강우 흡수장치를 설치하는 것은 이미 오래전의 표준이 되었다.

'Bächle(프라이부르크 시 중심을 흐르는 여러 작은 수로들)'는 중세 초기부터 시의 자랑거리였다. 1880년대에 프라이부르크에 최초의 하수로들이 생겨났고, 현재 시는 효율성과 생태학적인 원칙이 결합된 현대적 하수처리 시스템을 갖추고 있다. 빗물은 가능한 한 손실 없이 개개의 가정이 이용하거나 그 자리에서 지하수로 스며들 수 있게 했다.

6. 프라이부르크 도시계획: 보봉마을 "시민의 참여로 도시계획을"

프라이부르크의 도시계획의 기반에는 시민들, 아젠다 21 그룹들 그리고 시 행정부간의 협동 작업인 '프라이부르크 지속가능성협의회'가 있다.

1990년도 초 지속가능협의회 구성으로 프라이부르크의 도시계획은 새로운 추진력과 조직적 토대를 얻게 되었다. 협의회는 혁신적인 잠재력들을 서로 묶고 선구적 사고를 가진 사람들과 친환경적 개념을 널리 알릴 수 있

는 사람들을 한자리에 모으며, Aalborg 협약을 실천함에 있어서 시 의회
와 행정부에 조언하고 있다.

이들이 남긴 족적으로는 2006년 효력이 발생한 대지이용계획(FNP) 2020
이 있다. 대지이용계획(FNP) 2020은 사람에 의한 대지 사용을 줄이고, 이전

의 계획보다 건축부지를 약 30헥타르 더 줄이는 것을 포함하면서 이용가능 대지를 환경과 사회 친화적으로 이용하고 개발해 나가도록 했다. 이어 프라이부르크 시의회와 행정부가 구상하고 있는 자연, 경관, 환경, 휴양에 관한 개발계획은 경관계획 2020년에 잘 나타나 있다. 적확한 자연보호 조처들을 통해서 인간과 동물의 소중한 삶과 생명의 터전들을 넓히는 동시에 시 전역이 하나의 시 생물권 보전구역 연합으로 연결되는 것을 목적으로 하고 있다.

이런 계획이 반영된 주거지가 보봉마을(Vauban)이다.

프랑스군이 주둔했던 옛 병영지에 '보봉'이 들어섰다. 도심에 근접해 있는, 매력적이고, 가족단위의 생활을 고려해 설계된 이 주택단지에서는 주민참여, 건축공동체, 친환경적인 삶 등이 큰 의미를 지니고 있다. 저에너지 건축방식은 의무이고 더 나아가 패시브하우스, 잉여에너지하우스 그리고 태양광기술의 다양한 이용은 세계적인 표준이 되었다.

옛 병영지의 오래된 나무들은 가능한 한 그대로 보존했으며, 연립주택들 사이의 녹지들은 좋은 기후를 위한 요소이며 동시에 어린이들에게는 놀이 공간을 제공해 주고 있다. 민간의 개발과 병행해서 학교, 유치원, 청소년들을 위한 시설, 주민들을 위한 만남의 공간, 시장, 여가와 놀이 공간 등의 기간시설들이 들어섰다. 이곳 건물들의 초지화된 평면지붕들은 빗물의 일부를 흡수·저장했다가 재사용할 수 있게 한다.

일관된 물 이용 계획과 더불어 기후적인 측면에 대한 고려는 이 지역의 또 다른 중요 요소이다. 주거지역개발 계획안은 이외에도 녹지, 놀이터, 공공 공간, 자전거 도로와 어린이들이 뛰어놀 수 있는 거리 등의 조성에도 큰 의미를 두고 있다.

보봉 주거단지 내에는 자동차 통행이 없다.

많은 가정들이 자동차를 소유하고 있지 않을 뿐 아니라 개인 소유의 차량들도 주거단지 입구의 주차장에 세워지기 때문이다. 2006년에 이곳에 새 전차 노선이 개설된 후, 많은 주민들이 승용차 대신 전차나 자전거를 이용해 이동하고 있다.